Nicole DARNÉ



# V.A,

# LA SENTENCE

**ROMAN**

Les Presses du Midi

Impression PDM

121 avenue d'Orient - 83100 Toulon
Tel. : 04 94 16 90 20 - Fax : 04 94 16 90 29
Dépôt légal juin 2000
ISBN : 2-87867-259-3

*Tant que les philosophes ne seront pas rois dans les cités,*
*ou ce que l'on appelle aujourd'hui rois ou souverains,*
*ne seront pas vraiment philosophes...*
*il n'y aura de cesse aux maux des cités.*

*PLATON*

# I

Une nouvelle révolte venait d'éclater dans la prison B18, d'une violence inouïe. Neuf gardiens avaient été sauvagement exécutés, douze autres grièvement blessés et, vingt-trois prisonniers tués dans l'assaut final donné par les forces spéciales d'intervention.

L'établissement après ces émeutes sanglantes était dévasté. C'était la huitième du genre en l'espace d'à peine trois semaines. Les prisons étaient surpeuplées et n'assuraient plus depuis plusieurs années leur rôle de protection.

Marc Benier était perplexe. De son bureau de ministre au 32$^{e}$ étage, il contemplait la ville tentaculaire qui s'étendait sous ses fenêtres… immense… une mégapole qui avait poussé en l'espace de quelques décennies comme une “taxifolia” et qui n'en finissait pas de contaminer de toutes ses pollutions tout ce qu'elle touchait.

Son enfance protégée entre deux vallons savoyards qui avaient su se préserver du béton et des gens, lui paraissait aujourd'hui tout à fait extraordinaire. Il caressait machinalement la barbe naissante de son menton en se disant qu'il était temps pour lui de se rallier à l'unanimité du groupe “Réflexion Société” et de donner son accord pour l’exécution du projet auquel on travaillait en secret depuis longtemps.

On avait épuisé toutes les ressources, toutes les propositions, toutes les solutions pour faire face au surpeuplement des prisons. Plus on en construisait, plus elles se remplissaient rapidement de tous ces petits malfrats hargneux et agressifs. En peu de temps, au contact des plus violents, ils escaladaient rapidement tous les échelons de la brutalité et finissaient par ne plus savoir s’ils étaient encore réellement des hommes, ou une espèce un peu hybride dont on aurait effacé tout le programme d’humanité.

Les sondages effectués dans la population étaient favorables. L’opinion publique souhaitait des solutions de grande ampleur, des moyens accrus, et demeurait convaincue que si la tranquillité de tous devait passer par ces moyens, et bien, puisqu’ils étaient désormais au point, il fallait oser les utiliser.

Marc Benier convoqua pour neuf heures tout son staff. L’urgence et la solennité de la réunion déclenchèrent la nervosité de chacun. La décision d’importance qu’on pressentait depuis des mois, allait sans doute être prise et le contact direct avec le président fut en même temps établi.

La réunion commença, très tendue :

- Monsieur le Président, vous connaissez la situation détériorée et explosive de nos prisons.

- Oui, j’ai tous les rapports et les infos, Benier, comme vous !

- Vous connaissez nos travaux de groupe “Réflexion Société”…

- Oui.

- L’opinion nous est favorable, tous les sondages le prouvent. Le moment est venu d’appliquer le programme définitif.

- Vous voulez dire le programme irréversible ?

- Oui, le programme irréversible. On ne contrôle plus rien. La situation va de mal en pis. Il faut absolument stopper cette violence. Les sentences seront terriblement dissuasives. Nous avons vraiment épuisé toutes les autres possibilités.

Il se fit un silence accablant dans la salle de visioconférence. On entendit la respiration plus superficielle du président encore quelques secondes et sa voix profonde soudain résonna avec gravité :

- Vous avez mon accord.

Tous se regardèrent, ne sachant quelle contenance adopter et puis se figèrent dans l’attente du commandement de Marc Benier qui avait brusquement enlevé et remis ses lunettes avec la même vivacité.

- Bien, chacun sait ce qu’il a à faire.

Personne ne bougea dans un premier temps comme si la scène venait d’être imaginée ou rêvée. On était encore dans la résonance de la voix du président : “Vous avez mon accord”.

Puis, chacun sembla pris d’agitation et se dirigea avec rapidité tel un automate dans sa zone respective. Les regards s’évitèrent. En quelques instants, Marc Benier se retrouva complètement seul dans son bureau et mit plusieurs minutes avant de s'en rendre compte. Une indéfinissable crispation étreignait maintenant sa poitrine. Machinalement, il défit le premier bouton du col de sa chemise, enleva sa cravate et eut envie d'ouvrir une des fenêtres. Comme cela se révélait impossible, il augmenta la ventilation de la pièce, s'assit pesamment sur un des fauteuils devant son bureau et resta là, absorbé dans le feed-back de sa conversation avec le président.

"Il n'y avait pas d'autres solutions, murmura-t-il d'une voix atone, plus d'autre solution possible..."

Les dernières émeutes avaient suffi à remplir les colonnes des premières pages de la presse. Des photos révélatrices de la violence de l'affrontement s'étalaient à la Une, offrant visages et corps ensanglantés, bâtiments en feu ou saccagés.

Il y avait surtout le gros plan terrifiant d'un groupe d'insurgés, les yeux exorbités, la bouche tordue de haine, vociférant probablement des interjections de révoltes à d'autres, les mains crispées sur des couteaux ou des barres métalliques : une brutalité qui éclatait dans tous les détails du cliché. C'était la violence de la prison, mais la même était là, dans la rue.

Le président comprit combien l'application des nouvelles peines allait susciter de polémiques dans la population, aussi, décida-t-il de prononcer une allocution télévisée dont l'impact fut immense :

« Chers concitoyens,

Nous sommes parvenus aujourd'hui en matière d'insécurité à une situation ingérable. Malgré tous nos efforts, tant en biens d'équipement, qu'en personnel pénitentiaire, qu'en mesures de prévention, notre sécurité à tous n'est plus assurée. La montée de la violence urbaine que rien n'a pu entraver, nous fait choisir aujourd'hui une solution à laquelle notre Comité d'Éthique, élu au suffrage populaire a donné son plein accord.

À dater d'aujourd'hui, nous allons appliquer la peine V.A.

Désormais, chacun doit bien être conscient du risque majeur auquel il s'expose en s'écartant de nos lois. Je suis certain que cette peine terrible sera suffisamment dissuasive pour rétablir rapidement, l'ordre, la sécurité et la paix dans notre pays… »

En l'écoutant, Marc Benier se rassura qu'il n'était pas seul dans cette sale affaire qui l'angoissait au-delà de ce qu'il avait imaginé.

Depuis cette prise de décision, il dormait très mal, se réveillant maintes fois dans la nuit, s'interrogeant sur le lieu où il se trouvait, à quelle époque, à quel moment de l'année, complètement paniqué. Puis le sommeil revenait par à-coups, fait de torpeur insatisfaisante et usante.

Des hommes de loi avaient légiféré durant plusieurs mois pour mettre au point les gradations dans les différentes sanctions. Le texte final, fort précis, contenait par le menu toutes les possibilités de peines applicables depuis le simple vol à la tire, jusqu'au crime le plus crapuleux.

Les essais cliniques avaient duré en secret plusieurs années et quand le procédé avait été appliqué sur des prisonniers dont on avait commué la peine de mort en V.A., avec leur consentement, il s'était révélé parfaitement au point. Il suffisait de connaître le bon dosage : 5 ans, 10 ans, 15 ans, 20 ans, 30 ans, etc. avec tous les intervalles possibles entre ces chiffres.

Les premiers prisonniers à être avertis sur leur sort à venir, furent ceux de droit commun. Tous ceux qui avaient 20 ans de peine minimum furent prévenus qu'ils allaient se retrouver rapidement libres après le V.A.

On les transféra dans des bâtiments de haute sécurité, sous surveillance renforcée car on craignait leurs réactions. Or, à la stupéfaction générale, ce fut l'inverse qui se produisit. Un calme inattendu régnait dans les locaux où devaient se dérouler les opérations.

On installa dans la hâte des dizaines de petites cellules propres et spartiates, sans fenêtre.

Le premier détenu, matricule 1728, amené, purgeait une peine incompressible de 30 ans pour viols et meurtres sur mineurs. Âgé de 45 ans, multirécidiviste, il avait été jugé il y a quelques mois et se trouvait toujours dans le secteur haute sécurité, en raison de son comportement particulièrement agressif. Un sursis d'une semaine fut laissé au prisonnier, qui, averti, vociférait des insanités à longueur de journée ; au bout de trois jours, il se calma, assuré de recouvrer sa liberté d'ici peu, transformé, certes, mais libre.

C'était probablement mieux que de continuer à croupir, isolé entre quatre murs, à voir s'écouler les heures, ponctuées par les repas, le passage répétitif des gardiens et la promenade de quelques minutes dans la cour grillagée de vingt mètres carrés. Des journées interminables, aussi régulières qu'un métronome inusable qui s'ajoutaient les unes aux autres. De temps en temps, une anxiété incontrôlable lui montait à la gorge et éclatait en hurlements inhumains accompagnés de crises nerveuses, que seul calmait un sédatif administré par l'infirmier appelé d'urgence dans le quartier d'isolement.

Alors le retour au calme s'effectuait dans une hébétude indéfinissable qui pouvait se prolonger plusieurs heures, où la vie semblait se dérouler hors de ce corps, tout à coup contrôlé et sanglé par une chimie plus forte que des barreaux de prison. Et puis, le vide, les murs, les repas, les gardiens, la sortie dans la cour, toujours la même, tout se remettait en place petit à petit, le manège recommençait à tourner et le vertige le reprenait... c'était sans fin.

On prévint le prisonnier des modifications importantes qui allaient advenir à son organisme en l'espace de quelques jours. Considérant l'irréversibilité du processus, on lui demanda s'il souhaitait quelque chose de particulier, comme s'adonner à quelques exercices de son sport favori ou bien encore s'il souhaitait être filmé tel qu'il était à présent. Le matricule 1728 ne pouvait imaginer que le délai d'une semaine suffisait pour transformer son corps. Il présumait qu'il lui resterait certainement une force intérieure que rien ne pourrait atteindre, pas même les molécules de quelque potion extraordinaire et qu'il allait tout simplement profiter de l'aubaine incroyable d'une libération anticipée, juste en échange de modifications, certes pas anodines, mais somme toute mineures par rapport au fait de se retrouver complètement libre pour le restant de sa vie.

Il se réveilla la bouche légèrement pâteuse avec une sensation de fourmillements au bout des doigts et une fatigue générale anormale pour quelqu'un qui venait de dormir plusieurs heures, d'un sommeil ininterrompu qu'il ne connaissait plus depuis longtemps.

L'injection médicamenteuse qu'il avait acceptée sans se débattre, s'était déroulée sans incident. Il ne se souvenait maintenant que de la lampe du plafond brillant un peu trop fort pendant qu'il la fixait et de s'être endormi rapidement. Il tourna légèrement la tête et ne reconnut pas sa cellule. Celle-ci ne comportait aucune fenêtre, mais la couleur saumon dont les murs étaient recouverts, procurait une sensation relaxante. Elle était juste meublée du lit sur lequel il reposait, d'un tabouret contre le mur et d'une table de nuit sur laquelle un carafon d'eau et un verre rempli étaient posés.

Il se souleva péniblement sur un coude pour en boire une gorgée, attendit quelques instants et parvint avec difficulté à s'asseoir. Il regarda alors ses mains, ses bras, et ne remarqua dans un premier temps rien de spécial. Il glissa machinalement les doigts dans ses cheveux, les sentit tout aussi drus; seulement, quelque chose de bizarre se passa au moment où il les retira… une touffe de cheveux les accompagnait, une touffe grisâtre. Il refit vivement le même geste qui amena une autre touffe, puis une autre, encore une autre. Il se leva d'un bond à la recherche d'une glace ou de ce qui aurait pu lui servir de miroir et ne trouva rien. Alors, il se mit à secouer la tête en criant et en ramenant dans ses mains des paquets de cheveux qu'elles dispersaient nerveusement sur le sol.

En quelques minutes il se retrouva complètement chauve. C'est alors que la porte de la cellule s'ouvrit et qu'apparurent deux gaillards en blouse blanche qui le prirent par les bras et l'invitèrent à s'asseoir sur le lit. Il ne put opposer aucune résistance tant la force lui manquait.

- Votre traitement est terminé. Vous êtes libre. Ce qui vous arrive est normal. Certains perdent leurs cheveux, d'autres pas. Dans les jours qui vont suivre, d'importantes modifications vont apparaître mais qui ne vous empêcheront pas d'être autonome. Nous ne pouvons plus vous garder ici désormais. Votre famille a été prévenue de votre libération mais ne souhaite pas vous prendre en charge. Vous devez vous débrouiller seul. Voici vos vêtements.

Le matricule 1728 regarda les habits qu'on lui tendait dans une poche en plastique transparent et reconnut la chemise à carreaux jaune et verte qu'il portait le jour de son arrestation ainsi que le pantalon de coton noir délavé.

On l'aida à retirer sa camisole et c'est alors qu'il aperçut son corps nu très amaigri, la peau ayant pris une vilaine couleur jaunâtre et qu'il distingua plus nettement des dizaines de petites tâches marron qui envahissaient maintenant toute la surface de sa peau, ses veines très en saillie et tout un réseau d'autres plus petites éclatées par endroit.

- Je veux me voir.

- Si vous y tenez.

Un des infirmiers sortit de sa poche une glace rectangulaire entourée d'une bordure rouge. Le matricule 1728 voulut la prendre dans ses mains, mais l'autre se contenta de tenir fermement l'objet face au visage du détenu. Alors, celui-ci, leva les yeux et se chercha dans le miroir.

Cette tête fatiguée, aux traits creusés, ces yeux sans éclat et ces lèvres minces et si sèches n'étaient pas les siens. Pourtant la façon dont le regard se déplaçait dans le miroir à la recherche de quelqu'un qu'il avait connu autrefois lui semblait, par moments, familière. Des secondes interminables s'écoulèrent avant qu'il ne comprît que c'était bien lui, l'étranger, l'inconnu qu'il était en train de dévisager.

- Ce n'est pas possible, je n'ai pas pu vieillir comme ça, d'un coup !

- Mais si, mon petit monsieur. Vous aviez 30 ans de peine incompressible, eh bien, vous voici libre, on a juste donné un petit coup d'accélérateur au temps ! On a abrégé votre peine d'emprisonnement mais maintenant, il faut accepter que vous ayez 30 ans de plus ! Vous avez toujours 45 ans, seulement vous paraissez plus vieux que votre âge : vous êtes passé à 75 ans en l'espace de quelques jours, grâce à l'injection du V.A. - Vieillissement Accéléré ! Mais vous voici libre. Avant de ressentir tous les effets de l'âge, cela prendra quelques semaines pendant lesquelles vous aurez intérêt à organiser votre nouvelle vie, car après, ce sera sûrement plus difficile…

Il resta complètement abasourdi par ce qui lui arrivait. Il n'avait manifestement pas prévu une telle dégradation physique en l'espace de si peu de temps et répétait machinalement :

- Merde, merde, merde, qu'est-ce que c'est que cette histoire ?

Mais les infirmiers ne lui répondirent pas, l'aidèrent simplement à se relever et le conduisirent dans un long corridor au bout duquel on devinait d'autres silhouettes blanches, une lumière plus vive, un espace plus vaste et des portes.

Il subit une visite médicale approfondie où tout fut minutieusement noté. On lui remit des sachets d'anti-nauséeux en lui recommandant d'en absorber chaque matin au réveil, car de graves crises de vomissements pouvaient suivre le traitement V.A., tout en l'assurant que tout ceci s'estomperait au fil du temps.

Quelques heures plus tard, il se retrouva dans la rue, muni d'une petite sacoche contenant quelques papiers, l'argent qu'il possédait à son entrée en prison, et ses médicaments.

On lui avait passé sur la tête un bonnet de laine noire et mis sur les épaules son anorak matelassé marron ; il sentit sur l'avant-bras gauche une douleur intermittente qui ne le gênait pas vraiment : c'était la puce électronique qu'on avait placée sous la peau pour le repérer. Il resta un instant hébété devant le portail qui s'était refermé, n'en revenant pas d'absorber dans un seul coup d'œil autant d'espace sans mur, sans limite. Il leva la tête, le ciel lui parut incommensurable ; il se sentit soudain infiniment petit et menacé comme un insecte rampant, prêt à être écrasé sans savoir de quel côté viendrait le choc.

Ainsi commença le V.A. sur des centaines de prisonniers qu'on remettait en liberté quelques semaines plus tard.

La fatigue chronique qu'entraînait immanquablement le traitement laissait aux autorités un certain recul pour gérer dans les mois à venir l'afflux de vieillards fragiles dont on avait perdu l'habitude depuis longtemps.

Le matricule 1728 retrouva malgré une lassitude indescriptible son ancien quartier et comme personne ne reconnut cette silhouette tassée marchant tantôt hâtivement, tantôt traînant les deux jambes, il put discrètement s'installer dans une masure désaffectée d'un jardin abandonné qu'il connaissait.

Les abords étaient sinistres par la saleté qui y régnait, les immondices en tout genre qui jonchaient le sol et tous les recoins, les odeurs nauséabondes qui flottaient sur l'endroit. Il lui fallait un peu de temps avant de se réhabituer à l'espace, pour s'y déplacer sans panique et l'apprécier. Son corps réapprenait d'autres dimensions que celles de sa cellule pour se mouvoir, ses yeux évaluaient d'autres distances, ses oreilles se familiarisaient aux bruits nouveaux et ses narines soudain redécouvraient le plaisir de respirer, même les odeurs les plus malsaines. Son cerveau qui devait faire le point sur tous ces nouveaux repères prenait son temps pour s'ajuster.

Comme on était en avril et que les nuits demeuraient fraîches, il s'enroula le mieux qu'il put dans son anorak et s'endormit, étonné de n'avoir comme lumière qu'une lune ronde et pâle comme une pastille et si peu gênante.

Les jours suivants, de violentes crises de vomissements contribuèrent à l'affaiblir un peu plus. Entre deux prises médicamenteuses, il parvint à acheter un peu de ravitaillement qu'il ramena péniblement. Son bonheur fut de découvrir un robinet encore en état de marche sur le côté de la masure. Un filet d'eau claire finissait au bout d'un long moment par remplir ses bouteilles et cela lui suffisait. Il avait également fait l'acquisition d'un petit miroir. Désormais, il se scrutait minutieusement plusieurs fois par jour, cherchant dans ce nouveau regard qui l'interpellait, les traces anciennes de sa jeunesse :

- Merde, c'est pas vrai, ils ont réussi, je suis vieux… c'est pas possible…

Il constata que la peau avait perdu son élasticité, que ses gencives saignotaient facilement et que déjà, deux dents étaient tombées en mâchant un simple morceau de pain, alors que les autres se déchaussaient lentement. Des poches s'étaient constituées sous ses yeux et l'ovale du visage n'avait plus la même fermeté. Sous le cou, commençait à pendre de la peau, chose qu'il n'avait pas remarquée jusqu'à présent. C'était comme si on avait, d'un coup, coupé tous les élastiques qui tenaient tendue cette peau et qu'elle s'était relâchée brutalement. Les sourcils s'étaient piqués de poils blancs, tout comme sa barbe.

Il perdait chaque jour de la souplesse dans ses mouvements et se réveillait avec des courbatures, des gênes dans le dépliement de ses membres. Il avait l'impression désagréable d'avoir subi une bastonnade dont son corps gardait toutes les meurtrissures et que celles-ci s'accentuaient de jour en jour. Mais il était libre, complètement libre !

Au début, il ne sut trop quoi faire de cette liberté si soudainement retrouvée. Il hésitait à sortir dans le quartier, il se contentait le plus souvent de s'asseoir à l'extérieur de la masure, à regarder passer des nuages, des oiseaux, des mouches et des insectes sur les hautes herbes qui l'entouraient. Il y avait longtemps qu'il n'en avait pas observé de si près. Il redoutait de nouer de nouveaux contacts. Les derniers, vu l'atrocité de ses crimes, avaient déclenché une telle hostilité dans la population qu'il avait échappé de peu à un lynchage lors de son transfert de prison.

Il avait repéré non loin d'ici une décharge où venaient quotidiennement des camionnettes de chantier vider leurs chargements de gravats, de reliefs de nourriture et de papier. Ainsi tous les jours, en fin d'après-midi se rendait-il sur ce lieu pour récupérer des journaux encore lisibles. C'est ainsi qu'il apprit que des centaines de prisonniers tout comme lui, venaient d'être libérés après le traitement V.A. et qu'apparemment, aucune gêne notable n'en avait découlé pour l'instant dans la ville.

Il se demanda si les autres subissaient la même métamorphose et ce qu'ils faisaient désormais de leur liberté avec ces trente ans de plus dans les articulations et sur le corps. Et ce cerveau qu'aucun influx nerveux d'excitation, mis à part l'odorat, venait traverser…

# II

Pierre Lacaze téléphona à Marc Benier afin de l'inviter pour le week-end à Saint Germain en Laye, où il possédait une élégante maison bourgeoise du XVIII$^{e}$ qui donnait sur le parc de la ville. Leur amitié remontait à leurs années universitaires où ils s'étaient découvert une passion commune : la montagne. Ils avaient entrepris plusieurs voyages lointains sur les sommets de toutes les montagnes qu'ils avaient pu escalader. Ils en avaient ramené le souvenir d'efforts et d'obstacles franchis ensemble et la satisfaction de les avoir surmontés parce qu'ils étaient deux. Ils s'étaient grisés des mêmes paysages somptueux, des mêmes projets aboutis.

Puis, Lacaze avait rencontré Manon, laquelle travaillait dans le laboratoire jouxtant le sien. Les yeux clairs et tranquilles de la jeune fille, son sourire gracieux, le charmèrent au point qu'il la demanda en mariage au bout de quelques semaines seulement. Ils s'unirent simplement en compagnie d'un cercle limité de parents et d'amis, Marc fut leur témoin. Les deux hommes partirent moins souvent en expédition, mais leur amitié demeurait toujours aussi vivace. Chacun avait alors poursuivi sa carrière avec succès. Lacaze accéda en peu d'années au poste qu'il convoitait : chef de labo. Ses remarquables qualités de scientifique lui valurent la direction générale des recherches de son département et il se lança avec sa femme dans une série de travaux sur le vieillissement prématuré. Ces travaux lui valurent plusieurs distinctions hautement honorifiques dont il ne tira aucune gloire personnelle. Seules l'obsédaient ses investigations en laboratoire.

C'est précisément en travaillant sur la réparation des gènes responsables du vieillissement qu'il parvint à mettre au point le fameux V.A. Il pensait que c'était une première étape avant d'élaborer le protocole qui ralentirait considérablement le vieillissement. S'il avait réussi à l'accélérer, il devait bientôt maîtriser également son ralentissement. Mais les travaux s'avérèrent infiniment plus complexes que ce qu'il avait prévu initialement. Sa découverte déclencha cependant dans le monde scientifique beaucoup de curiosité. Le gouvernement fut très intéressé par ses expériences et lui demanda de coopérer à la mise au point d'un produit facile à manier et bon marché. Il refusa tout net et constata quelque temps plus tard que, non seulement ses travaux avaient été décodés, mais qu'un autre labo s'était lancé dans la fabrication du V.A. Il en fut terriblement affecté et redoubla d'ardeur à sa tâche de chercheur.

La confiance de Marc Benier lui était plus que jamais nécessaire. La culture générale de ce dernier, son sens du contact, son allure sportive et son sourire franc lui ouvraient aisément toutes les portes. C'est ainsi qu'il se retrouva dans l'entourage d'un ministre en vue à l'époque, qui l'aida dans son ascension professionnelle.

En peu de temps, grâce à ses qualités d'organisateur et de commandement, il se trouva propulsé dans les sphères ministérielles comme conseiller, puis attaché et parvint en quelques années de fidélité, de discrétion et de travail têtu à la place qu'il convoitait depuis longtemps : ministre de l'intérieur.

Sa vie personnelle s'était construite autour de l'amitié de Lacaze et de maîtresses occasionnelles qui n'étaient pas trop exigeantes sur son manque de temps à leur accorder. Mais rien de durable n'avait pu encore s'accomplir avec une femme.

Il arriva vers 17 heures chez les Lacaze qui lui ouvrirent aussi largement leur porte que leurs bras. Il retrouva la chambre, donnant sur le parc, qu'ils lui réservaient toujours sachant que c'était sa préférée. On était en mai, la nature se faisait exubérante, colorée et la lumière plus vive. Il apprécia par la fenêtre grande ouverte la perspective qui s'offrait à ses yeux, et, au loin, la forêt encore intacte, préservée, se perdait avec l'horizon.

Pierre l'attendait dans le hall quand il redescendit après avoir déposé ses affaires. Ils partirent d'un même pas élastique vers le jardin, ponctuant le plaisir de leurs retrouvailles d'éclats de voix plus forts et joyeux. En quelques minutes, ils se retrouvèrent dans l'allée principale du parc de Lenôtre et commencèrent sur la même cadence régulière leur course.

Marc ne souhaitait pas aborder le sujet du V.A. Maintes fois, leurs discussions avaient de façon passionnelle entamé la question sans jamais parvenir à un consensus satisfaisant.

Mais il sentait bien que Pierre, malgré sa joie réelle de la retrouver, était tendu et dans l'expectative d'une occasion pour reprendre la polémique. Finalement, ce fut Marc qui ouvrit le débat :

- Nous avons été contraints d'agir. Le problème des prisons et des truands en tout genre est devenu ingérable. Tu le sais autant que moi.

- Vous auriez dû attendre la fin des travaux. On ne sait toujours pas comment réparer…

- C'est un essai. Si la peine s'avère dissuasive, elle sera peu appliquée.

- Imagine, un innocent condamné.

- Et tous ces innocents qui paient de leur vie ou par des blessures terribles la violence de bandes incontrôlables pour les dépouiller ? Il nous fallait choisir, Pierre, et nous avons choisi la vie de nos concitoyens, pas celles de malfrats, de criminels qui peuplent désormais nos villes et terrorisent la moitié de la population. Le *Comité d'Éthique* a d'autre part tranché à une large majorité et opté pour le V.A. Cela fait des mois que le débat est ouvert et que tout le monde a pu s'exprimer. Dis-toi que tes travaux vont permettre de ramener l'ordre et le calme que l'on a oubliés depuis des décennies. On ne sait plus ce qu'est flâner seul, dans une rue après 21 heures ! Tu auras peut-être même droit au prix Nobel de la paix !

- Arrête. Je n'ai pas envie de plaisanter sur un sujet pareil. Ça me fait mal de penser que toutes ces années de recherche ont finalement abouti à établir une sanction effroyable sur le cours de la vie d'individus.

- Ce n'est pas ainsi qu'il faut raisonner. Ce ne sont pas des gens propres qui seront sanctionnés, mais des individus dangereux pour les autres, qui sèment la peur et dont la société ne veut plus. Ils ont eu leur chance, Pierre. Avant la prison et le V.A., ils sont passés par la *Commission de Sauvegarde* qui a tout mis en œuvre pour tenter de les remettre sur le droit chemin en leur proposant une rééducation de plusieurs mois dans différents centres essentiellement affectés à cette fonction. C'est malheureusement l'échec pour la plupart d'entre eux. Ils sont incapables de se réinsérer dans une vie normale. On a basculé dans une insécurité absolue. Depuis longtemps, nos services de police ne s'aventurent plus dans des dizaines de zones de non-droit où règne une économie criminelle alimentée par la drogue. Des bandes rivales viennent régler leurs comptes jusque dans la cour des collèges ou dans les services d'urgence des hôpitaux. Ils brûlent voitures et magasins, cassent les vitrines, s'en prennent aux passants, molestent les passagers des transports en commun et n'hésitent pas, en plein jour, à prendre en otage des enfants à la sortie de l'école, quand ils ne vont pas jusqu'à les mutiler pour activer la remise de rançon. Même nos commissariats sont mitraillés et attaqués à la voiture bélier quand on arrête l'un des leurs. Tu sais tout cela Pierre, et encore je ne te détaille pas la vie dans ces zones, qui est devenue un véritable cauchemar pour la plupart de ses habitants. Les policiers eux-mêmes subissent de multiples appels téléphoniques menaçants, on brûle leur paillasson en signe d'avertissement et on placarde sur leurs portes, la photo de leurs gosses avec des têtes de mort ! Des quartiers entiers se structurent en organisation d'autodéfense… Nous étions contraints d'agir !

Pierre resta un instant sans réponse. Il se contenta d'accélérer le pas de la course, de souffler un peu plus fort comme pour évacuer le poids de ce douloureux problème d'éthique et finalement s'arrêta net au bout de quelques minutes en prenant le bras de Marc :

- On n'a pas le droit d'agir ainsi avec la vie des gens, Marc. C'est leur vie !

- Crois-tu qu'ils aient en tête ce genre de problème de conscience quand ils torturent pour voler, violer et assassiner ? Il nous faut choisir, Pierre. Et nous avons choisi de sauvegarder et protéger les citoyens dignes de ce nom. On dérive complètement en étant laxistes, tolérants ou simplement en se voulant compréhensifs. C'est une faiblesse. Le message ne passe que d'un côté. La plupart de ceux qui seront soumis au V.A. sont irrécupérables et dans un véritable processus de destruction.

- C'est terrible Marc. L'obsession sécuritaire l'emporte désormais sur le souci de justice.

- Nous n'en avons plus ni les moyens, ni le temps.

Ils se regardèrent un instant sans parler, chacun essayant de sonder l'autre du regard, d'y trouver une approbation à leurs convictions, mais aucun ne chercha à reprendre la conversation, ni ne trouva autre chose à rajouter. Ils firent alors demi-tour et recommencèrent à courir dans l'allée cavalière. Leurs pas finirent par s'accorder, mais les foulées étaient soudain devenues plus lourdes et ils avaient l'impression de ne plus avancer. Ils parvinrent à la maison une demi-heure plus tard, moins euphoriques qu'au départ, mais soulagés d'avoir abordé le problème du V.A. avant la soirée. Manon était devant ses fourneaux quand elle les entendit entrer :

- Marc, on a des invités ce soir, des collègues dont un ami vétérinaire et son épouse. Tu verras, ce sont des gens charmants. J'espère que cela ne t'ennuie pas ?

Marc se contenta dans un premier temps de répondre par un large sourire à Manon et puis se risqua à demander :

- Est-ce que la dame est jolie ?

- Non, elle est très vieille et très laide, elle a déjà subi le V.A. pour vol à l'étalage, lança Pierre.

Ils se regardèrent tous les trois et des rires gênés fusèrent.

## III

En descendant les escaliers pour accéder au salon, Marc aperçut de dos une élégante jeune femme avec des cheveux châtains mi-longs. Elle portait un tailleur clair qui mettait parfaitement en valeur une silhouette élancée et fine. Elle se retourna au bruit de ses pas et le sourire qui accueillit alors Marc, le troubla instantanément. Il remarqua aussitôt les yeux verts pétillants et rieurs, le nez légèrement retroussé et les taches de rousseur qui accentuaient le côté enfantin du visage de la jeune femme qui devait avoir environ 35 ans. Elle lui tendit la main :

- Enfin, nous faisons la connaissance de l'ami de Pierre ! Vous êtes dans tous ses récits d'aventure et l'on vous a découvert quand il a voulu commenter quelques-unes de ses ascensions intrépides. Je suis Louise Dannaud.

Marc saisit délicatement la main tendue et apprécia sa chaleur et sa fermeté, mais il n'eut pas le temps d'entamer la conversation. Pierre arrivait et le saisit par les épaules pour lui présenter le mari : Maurice Dannaud. L'homme était corpulent et lui parut grand. Il portait une abondante chevelure grisonnante en désordre et de petites lunettes cerclées d'or. Manon entra dans le salon avec un plateau de canapés chauds qu'elle déposa sur la table basse. “Chacun se sert”, dit-elle en s'asseyant dans un des fauteuils près de Louise qui venait également de prendre place.

La soirée réunissait outre les Dannaud, un couple de généticiens d'une cinquantaine d'années, à l'allure dégingandée mais chaleureuse qui se ressemblaient étrangement, tant par le physique que par les intonations de voix et la synchronisation de leurs gestes. Un troisième couple du même âge mais complètement différent complétait les invités : lui austère dans un costume strict et sombre, les cheveux coupés court mais la vivacité du regard éclairait la sévérité du visage. Son épouse, tout comme lui neuro-biologiste, ressemblait à s'y méprendre à une ancienne vedette de la chanson qu'avait affectionnée la génération précédente. Blonde, pulpeuse avec un grand sourire qu'un rouge à lèvre vif rendait encore plus remarquable. Le groupe collaborait depuis longtemps au labo de recherche de Pierre Lacaze et une entente faite d'estime réciproque semblait coordonner ces rapports amicaux. Durant le repas, Marc s'attendait à quelques attaques verbales dès que les invités l'auraient situé professionnellement. Ce fut le généticien au regard pénétrant qui entama le débat.

- Savez-vous que la sensibilité individuelle à la frustration, à la menace et à la provocation varie en fonction du taux de testostérone plasmatique ? Ainsi a-t-on remarqué que les criminels impulsifs ont dans le sang et dans le liquide céphalo-rachidien un taux de sérotonine inférieur à la normale.

- Cela revient-il à dire qu'on ne se contrôlerait plus quand on a un niveau trop bas de sérotonine? reprit Louise.

- Exactement.

- Mais on peut traiter tout à fait cela chimiquement continua Manon, on a donc des raisons d'être optimiste, si la violence peut être maîtrisée ainsi ?

- La bioéthique existe et tout le monde est loin d'applaudir à cette découverte, enchaîna le généticien.

- C'est-à-dire ?

- Cette découverte a une conséquence idéologique capitale. Traduction plus parlante : "Ah, vous voyez ce sont les gènes qui rendent finalement les gens violents !" On est en droit de se demander ce qui se passerait si on découvre des gènes mutés en proportion beaucoup plus importante chez les Noirs par exemple ? Comment sera alors exploité un tel élément susceptible de déclencher des pratiques eugénistes ? interrogea Maurice Dannaud.

- S'il existe un moyen de réduire cette violence, n'avons-nous pas l'obligation prioritaire de la recherche même au prix, pourquoi pas, d'une thérapie génique ?

- Alors là, on va basculer le concept de liberté et de libre arbitre, rétorqua le généticien, et puis le dépistage par la ponction lombaire pour tout le monde n'est pas pour demain !

Louise poursuivit :

- Le dénuement, l'absence de valeurs, le manque d'éducation, le chômage sont des facteurs également très importants de la violence et qui méritent, à mon avis, un traitement autrement plus urgent que l'exploration du cerveau des citoyens. Mais évidemment, c'est certainement beaucoup plus cher !

- Qu'en pense le gouvernement ? renchérit la dame au rouge à lèvres éclatant. Toutes les têtes se tournèrent vers Marc qui s'était abstenu de tout commentaire jusqu'à présent.

Il prit le temps de replacer correctement sa serviette sur ses genoux avant de répondre calmement :

- Il n'y a aucune société moderne où le gouvernement peut assurer une protection totale contre le crime. Il faudrait que la moitié de la population surveille l'autre moitié ! Notre époque, et pour des raisons tout à fait justifiées, est devenue complètement obsédée par la sécurité ! Cette obsession conduit, du reste, à une exploitation de toutes les angoisses et frayeurs. Une véritable industrie de la sécurité s'est d'ailleurs développée. Systèmes d'alarme sophistiqués, camions blindés, gardes du corps, gardiennages renforcés, multiplication d'experts dans le domaine du crime. Je dois reconnaître objectivement, que ce n'est malheureusement pas demain que des maisons individuelles remplaceront tous les immeubles gigantesques que l'on a bâtis sans souci de l'isolement social que cela allait engendrer, et que les problèmes posés par le déracinement des hommes et leur déculturation seront résolus.

- Est-ce que la violence urbaine n'exprimerait pas davantage une perte de confiance dans les institutions et à travers elles, dans l'État et ses représentants ? lança de façon quelque peu ironique l'épouse du généticien qui avait amorcé le débat.

- Vous n'avez pas tort, Madame, de soumettre cette idée à notre questionnement, répondit posément Marc. C'est vrai que l'école est désormais devenue plus un lieu de triage, qu'un lieu de vie. La police est perçue comme une bande rivale voulant contrôler un espace revendiqué par d'autres. On sait bien que dans le cas où une vitre brisée n'est pas remplacée, toutes les autres connaîtront à plus ou moins longue échéance le même sort. Nous ne devons jamais baisser les bras. Ce sont les comportements d'abandon des citoyens face à ces incivilités qui entraînent petit à petit l'anarchie.

- Je souhaiterais rajouter quelque chose à propos de l'incivilité, enchaîna Louise. Elle a effectivement des conséquences sociales des plus graves, car l'idée d'une vie collective bâtie sur le respect des biens et des personnes est remise en cause. C'est un constat terrible que l'on doit faire : si l'école, la justice, les valeurs que l'on a pu transmettre de génération en génération, ne sont plus suffisantes pour ancrer l'idée de l'existence "d'un monde commun", alors la violence, la violence, effectivement, ne cessera pas d'exploser partout, comme elle le fait maintenant. Il faut se résigner à cette navrante évidence.

Marc la dévisagea, touché par la justesse de ses propos et répondit :

- Tant qu'il y aura des hommes, il devra y avoir des institutions pour pouvoir durer. C'est la base même de toute organisation sociale. Aussi faut-il qu'elles soient respectées. Les sanctions et les institutions que la société élabore sont là pour les y aider. On fait au malfaiteur ce qu'il fait à autrui. S'il assassine, il peut perdre sa propre vie, s'il vole, il est dépossédé de sa liberté et s'il nuit encore à autrui par d'autres moyens, faute de savoir se contrôler, alors, les autres décident de lui nuire et de le contrôler. On n'a pas le choix. "La violence est éminemment contagieuse et régit le monde". C'est pourquoi le V.A. a été finalement appliqué. Et s'il est juste de dire que la sécurité individuelle est un droit fondamental que la société doit à ses citoyens, elle exige en retour le concours de tous.

Un silence de quelques secondes s'installa comme pour accentuer le poids et la valeur des derniers propos de Marc.

Louise lui sourit, conquise par la théorie. Il lui rendit son sourire et bientôt, il oublia le groupe autour de lui pour ne voir que les petites étoiles qui pétillaient dans les yeux de Louise et qui semblaient exiger quelque chose qui le troubla profondément.

La soirée se poursuivit sur d'autres propos plus anodins. Pierre passa en sourdine une musique brésilienne qui avait fini par remplir la pièce d'un rythme langoureux qui eut bientôt raison de toutes les discussions. Soudain on eut envie de quelque chose de plus léger, comme si tout le monde était redevenu insouciant et bon, et il ne fut plus question que des derniers spectacles et restaurants à découvrir sur la capitale.

## IV

Les jours suivants, Marc dut convenir que la soirée l'avait marqué et que l'image de Louise était omniprésente dans ses pensées. Il chassait sa silhouette, son visage avec les yeux rieurs, mais quelques instants après, ils réapparaissaient, ils semblaient même l'appeler. Il se dit qu'il avait eu un petit coup de cœur et comme toute perturbation de ce type, il suffisait d'attendre pour que tout rentre dans l'ordre. Seulement, plus les jours passaient, plus l'envie incontrôlable de la revoir se faisait pressante. Il commença à échafauder différents plans logiquement crédibles pour entrer en contact avec elle. Le plus simple, était probablement de prendre un rendez-vous sous un prétexte quelconque. Il décrocha son téléphone, fit le numéro de Manon à son laboratoire et invoqua le prochain anniversaire de Pierre pour entamer la conversation.

- Tu prépares quelque chose pour aider Pierre à passer le cap de cette nouvelle décennie ?

Louise était appuyée sur la balustrade qui dominait le côté sud du jardin. Son regard parcourait les hautes herbes des fossés égayés d'une multitude de fleurs aux couleurs variées et lumineuses dont elle ignorait les noms, mais qui lui rappelaient des images déjà observées et aimées en d'autres lieux.

Elle gonfla légèrement sa poitrine pour laisser ses poumons s'emplir de toutes les subtiles odeurs qui émanaient de l'air ambiant. Même sa peau semblait les capter. Elle défit l'écharpe de soie bleue qui enserrait son cou pour s'imprégner encore davantage de l'instant précieux et magique qui mettait tous ses sens en alerte. Elle goûtait, écoutait les mille et une vibrations chuchotées de ce printemps revenu et qu'elle aimait tant.

Marc l'aperçut tout de suite à l'entrée du jardin public. Il reconnut la silhouette élancée et gracile, les cheveux dorés et au moment de l'interpeller quand il fut seulement à quelques pas d'elle, Louise se retourna comme prévenue de la présence amicale qui s'approchait d'elle.

Elle lui sourit immédiatement du même sourire mutin que lors de leur première rencontre chez les Lacaze ; il en fut tout aussi troublé et prononça les mots les plus insignifiants qui lui vinrent à l'esprit pour masquer son émotion :

- C'est une très belle matinée.

- Oui, tout baigne dans une lumière que nous ne connaissions pas encore.

Ils restèrent face à face un instant puis entamèrent en même temps un pas de promenade qui les dirigea vers la profondeur du jardin en cherchant à accorder la direction de leurs regards sans se consulter, par leurs seules inclinaisons de tête.

- J'avais très envie de vous revoir, avança Marc, j'ai aimé la soirée chez les Lacaze.

Louise se tourna vers lui, devinant qu'à travers ses paroles, il venait de lui dire qu'il avait apprécié sa présence.

- Oui, moi aussi.

Ils marchèrent un moment le long de bordures abondamment fleuries, silencieux, attentifs aux gestes de l'autre.

- Vous connaissez les noms de toutes ces fleurs et plantes ?

- Oh non ! s'exclama Louise. Sortie de ma bibliothèque je regarde sans m'informer. Je fais cela toute la journée dans mes livres. Alors, là, je ne demande plus rien à ma mémoire, sinon d'enregistrer les couleurs, les parfums qui la séduisent et les saisons pour m'en souvenir l'année suivante et aller de nouveau à leur rencontre. Mais je suis capable de vous conduire aux endroits les plus secrets de ce jardin et vous faire découvrir des fleurs minuscules aux teintes étonnantes dont je guette l'éclosion chaque année. Je les appelle “mes belles inconnues”. Elles ont quelque chose de spécial et il me semble que les nommer serait déjà enlever une part de leur mystère.

- Moi aussi, je suis un piètre botaniste. J'aimerais avoir le temps d'apprendre. Je connais cependant quelques noms de fleurs de montagne où j'ai passé ma jeunesse.

- Vous n'y allez plus ?

- Malheureusement non. Je possède encore une vieille ferme qui me vient de mes grands-parents. Je ne sais pas trop dans quel état elle est aujourd'hui. Je sollicite des voisins pour s'en occuper régulièrement.

- Vous faites un métier difficile et très prenant.

- Je ne sais pas, mais il est vrai que je ne sais plus depuis longtemps gérer mon temps comme je le souhaiterais.

- Alors j'apprécie que vous ayez trouvé quelques heures libres pour me revoir et préparer le cadeau de Pierre. C'est votre meilleur ami ?

- Le plus cher.

- Bon, nous allons nous en occuper. Si nous allions en ville lui dénicher quelque chose d'original pour ce fameux anniversaire qui ne lui fait pas spécialement plaisir ?

Ils firent demi-tour et d'un pas plus vif, se dirigèrent vers la sortie du parc. Leurs voix étaient montées de deux tons et ils entamèrent une discussion animée sur les goûts de Pierre. Ils tombèrent d'accord pour lui trouver un livre ancien dont il était grand amateur. Restait à chercher le sujet et l'auteur, mais Louise connaissait déjà un bouquiniste. En tant que bibliothécaire avertie, elle savait où trouver l'objet rare. Parvenus chez le bouquiniste, ils s'enthousiasmèrent sur plusieurs ouvrages mais dont les prix excédaient ce qu'ils avaient prévu tous deux et finalement leur choix s'arrêta sur un ouvrage d'Edmond Rostand : *La dernière nuit de Don Juan,* illustré par Auguste Leroux.

- J'ai vu jouer cette pièce, dit Louise. C'est un très beau texte que Rostand avait écrit avant la guerre de 1914 et qu'il n'a malheureusement pas eu l'occasion de voir représenté.

- Je pense que Pierre appréciera, répondit Marc, c'est un esthète.

Ils finirent l'après-midi à la terrasse d'un café garni seulement d'une dizaine de fauteuils et de tables en osier bleu sur lesquelles on avait ouvert de grands parasols blancs rectangulaires. Une exubérante glycine aux longues grappes de fleurs mauves et blanches partait à l'escalade de la façade du petit troquet. Ils s'assirent face à face et, bientôt, Louise constata avec quelle synchronisation tous deux bougeaient et croisaient leurs regards. Cette harmonie gestuelle traduisait un accord évident. Marc la dévisageait et n'aurait su dire ce qui, dans ce visage aux traits si enfantins, l'attirait tant. Louise lui souriait et semblait s'amuser de cet échange attentif.

- Savez-vous pourquoi les amoureux ont tant de plaisir à se regarder ? lança-t-elle d'une voix enjouée.

- Parce qu'ils se trouvent beaux et se plaisent ?

- Oui, assurément, mais Desmond Morris a fait une étude très intéressante à propos du regard et de la pupille en particulier. Quand nous sommes heureux, satisfaits, d'accord, celle-ci se dilate davantage. Ainsi, les amoureux qui plongent leurs yeux si intensivement dans ceux de leur partenaire, vérifient inconsciemment cette dilatation de la pupille qui nous attire. On a soumis des groupes d'individus très divers à des tests et cela s'est toujours vérifié. Ainsi, si on présente à un groupe le même gros plan d'une jolie fille tirée à une dizaine d'exemplaires en demandant de choisir une photo, la première réaction du groupe sera de dire : “Mais c'est la même photo”.

- Oui, peut-être, mais regardez bien quand même et choisissez-en une.

Au bout d'un moment quelqu'un va se décider pour une photo, puis une deuxième personne pour la même, puis une troisième se rallier à ce choix sans trop savoir pourquoi et la majorité du groupe pour finir, se mettra d'accord sur cette photo.

En fait, on a truqué cette dernière, en dilatant légèrement les pupilles du mannequin qui se prêtait à ce portrait et tous ont finalement été attirés par ce regard un peu spécial. Les bébés ont d'ailleurs les pupilles très dilatées, probablement pour attirer le regard sur eux et que l'on s'occupe d'eux.

À la Renaissance, les Italiennes se mettaient de la belladone dans les yeux pour dilater davantage leurs pupilles, ce qui leur donnait un charme particulier auquel on résistait difficilement, d'où l'expression : "Bella Dona".

Marc observait avec quelle vivacité la jeune femme s'exprimait et il aimait la spontanéité avec laquelle elle le faisait.

- Mais dites-moi, Louise, dans les bons dessins animés aussi les amoureux sont représentés avec des pupilles exagérément dilatées qu'il s'agisse de personnages ou d'animaux d'ailleurs.

- C'est tout à fait exact ; et à l'inverse celui qui prépare un mauvais coup, n'a qu'une fente dessinée à la place des pupilles… ce n'est peut-être pas par hasard que les Mafiosi se cachent le regard derrière des lunettes noires ! On raconte également que dans la Chine ancienne, les mandarins étaient très amateurs de jade. Quand un marchand leur montrait une pièce un peu exceptionnelle, ils se cachaient les yeux derrière un éventail, car tout marchand qui connaît bien la transaction et le marchandage savait apprécier dans le regard de l'acheteur son envie d'acquérir l'objet, et l'autre essayait de masquer justement son regard de convoitise afin que les enchères ne soient trop élevées ; il avait les pupilles trop dilatées !

Ils échangèrent un sourire de connivence, ravis l'un et l'autre de cette conversation informelle. Ils prenaient un plaisir évident à ce partage de signes de bien-être et, se séparèrent dans une confusion de sentiments qui les surprirent tous deux par son intensité.

Les jours suivants, chacun fut dans l'attente fiévreuse de l'appel de l'autre.

Ce fut Marc qui prit l'initiative :

- Louise ? Je voulais vous remercier pour ce moment délicieux passé en votre compagnie…

- Moi aussi, Marc… J'ai beaucoup apprécié.

## V

Les expériences du V.A. avaient débuté en mars et l'on attendait que plusieurs mois se soient écoulés pour faire un premier bilan.

Juin s'amorçait, la presse et les médias devenaient avides d'informations sur les prisonniers traités et relâchés. Afin qu'ils ne s'attirent aucune commisération de la part du public, le gouvernement choisit de montrer à la télévision un reportage sur quatre détenus condamnés à perpétuité pour des crimes particulièrement sauvages. On eut soin de rappeler la barbarie de leurs actes après les détails sur leur nouvelle vie de vieillard, et le public ébranlé dans un premier temps sur le passage de leur vie de jeune adulte à celle de septuagénaire en quelques semaines, se dit que finalement, ils avaient récolté ce qu'ils méritaient, puisqu'ils n'avaient eu aucun respect de la vie des autres.

Seulement, un sentiment bizarre d'angoisse les habitait désormais. La sanction leur semblait particulièrement dissuasive et beaucoup pensèrent qu'il valait mieux dorénavant être scrupuleux de bien respecter la loi, puisque le V.A. allait s'appliquer à tous les délits et que nul après tout, n'était à l'abri d'en commettre un, il suffisait parfois d'un simple enchaînement de circonstances.

Le matricule 1728 avait été repéré par des membres d'une organisation caritative qui exploitait toutes les zones abandonnées de la ville ne présentant pas trop de danger.

Ils lui indiquèrent une adresse où il pourrait se nourrir correctement une fois par jour s'il avait le courage de s'y rendre. Il prit donc l'habitude d'aller jusqu'au bout de la rue déserte qui faisait suite au terrain vague et d'oser traverser un carrefour silencieux cerné par de hauts immeubles depuis longtemps désertés.

Parvenu à l'endroit indiqué, il entra dans une cour dont la blancheur des murs contrastait étonnamment avec la tristesse de l'environnement. Il remarqua tout de suite le géranium rouge vif posé sur le bord d'une ancienne fenêtre et aima ce détail. Puis son regard prit le temps de détailler les personnes qui se trouvaient rassemblées là. Une trentaine tout au plus. C'étaient des gens de la rue, tout comme lui, sans âge et sales.

Il marqua un temps d'arrêt avant de s'insérer dans la file qui se constituait devant une porte ouverte, et où il crut reconnaître une des personnes qui était venue jusqu'à lui les jours précédents.

La distribution d'un repas commença. Il fut intrigué par la personne qui le précédait. Des plaques de cheveux blonds et gris se mêlaient dans un étonnant patchwork sur l'arrière du crâne qui se trouvait juste à la hauteur de ses yeux. Le cou montrait une flétrissure curieuse sur une peau encore jeune, comme si elle avait été froissée brutalement et avait du mal à reprendre sa tension normale. Il se dit qu'il connaissait déjà ce détail qu'il avait observé chez lui. Et quand l'inconnu allongea le bras pour prendre le récipient qu'on lui tendait, il se pencha légèrement sur la pointe des pieds et remarqua tout de suite sur l'avant-bras la petite boursouflure qui signalait la "puce de localisation". Il suivit des yeux l'inconnu qui alla s'installer contre un mur au soleil.

S'accroupir semblait lui être pénible et il le fit avec d'infinies précautions en ayant soin de ne rien renverser du petit plateau qui lui avait été remis.

M1728 le rejoignit avec des pas d'hésitation qui le firent remarquer par l'autre et leurs regards se croisèrent un instant. Il accéléra alors sa marche vers lui et lui demanda :

- T'es sorti depuis combien de temps ?

L'autre le considéra d'un air intrigué et comme il demeurait muet, M1728 enchaîna :

- T'as quel âge ?

- Comment t'as deviné ? articula alors l'autre en ne le quittant pas des yeux et en commençant lui aussi un travail rapide d'observation.

- À tes cheveux et à ta peau, j'ai les mêmes merdes… Tu supportes ?

- Mieux que la taule en tout cas. Au moins, on me fout la paix, je n'ai plus à subir les odeurs et les corps des autres. Il reste à m'habituer au mien, mais comme j'en ai pris pour perpète, de toute façon, j'en aurais rien fait !

- Ben dis donc, t'es philosophe ! Moi, ça me rend fou quand j'y pense trop, ce coup d'accélérateur dans ma vie. Remarque j'avais déjà une vie de merde, mais alors là, avoir 35 berges dans la tête et 75 sur le corps, ça me fait disjoncter ! J'arrête pas de me dire que ce décalage est provisoire et que je vais forcément récupérer. C'est quand même pas des apprentis sorciers !

- Là, tu rêves ! On est des vieux et on restera des vieux pour le restant de nos jours. Le truc est très au point, ils l'expérimentent depuis des années… sinon, ils ne nous auraient pas relâchés comme ça dans la nature !

- T'as fait quoi ? T'as buté des gens tranquilles ?

L'autre ne répondit pas et M1728 n'insista pas. Lui non plus n'avait pas envie de raconter son histoire. Il s'adossa contre le mur, se laissa glisser, mais les articulations des genoux eurent des difficultés à enchaîner le mouvement qui leur était demandé. C'est seulement l'une après l'autre que ses jambes s'allongèrent maladroitement sur le sol. Ils mangèrent silencieusement, sans plus échanger de propos. Ils s'absorbèrent dans la prise de ce repas chaud, détail qu'ils ne goûtaient que trop rarement.

Et tout à coup, le soleil qui les faisait cligner des yeux quand ils levaient le menton pour avaler et la saveur du plat déclenchèrent la sensation évanouie depuis longtemps d'un bien-être momentané. Seulement M1728 en portant la main à sa bouche pour essuyer la sauce qui avait débordé de ses lèvres, aperçut en gros plan une vilaine main tachée de marron, toute flétrie, une main qui ne semblait pas lui appartenir et qui pourtant était solidaire de son bras. Le repas lui parut soudain nettement moins savoureux et le soleil trop brûlant. Il se retourna vers l'autre et lui lança :

- Je me tire.

- Où tu crèches ?

- Bah, on se reverra bien…

Il eut encore plus de difficulté pour se relever qu'il n'en avait eu pour s'asseoir et y parvint en jurant des obscénités après plusieurs essais infructueux.

Quand il fut près de la porte de sortie, un homme d'une trentaine d'années portant le badge de l'association l'interpella :

- Avez-vous besoin de soins particuliers ?

M1728 le toisa et prit le parti d'en rire :

- Oui, qu'on me rende mes 30 ans !

- Songez que vous êtes libre. On ne peut que vous aider maintenant à vivre le mieux possible les années suivantes. Venez nous voir, on vous proposera des activités susceptibles de vous soutenir et de vous faciliter le quotidien.

M1728 haussa les épaules, ce qui lui déclencha une douleur au niveau du cou qu'il manifesta par une légère grimace que l'autre perçut. Il lui tendit un flacon de comprimés roses qu'il avait dans la main en lui préconisant :

- Un, chaque fois que vous avez vraiment mal.

M1728 empocha le remède :

- Eh bien, ce sera vite avalé.

- Les douleurs vont s'atténuer bientôt. Soyez patient.

- Patient ?

L'homme au badge réalisa alors que le mot qu'il venait malencontreusement d'utiliser, avait une résonance toute particulière pour celui qui se trouvait projeté d'un coup dans un corps vieilli de trois décennies.

Le matricule 2008 avait eu la chance d'être accepté par sa famille après le V.A.

Auparavant, il purgeait une peine incompressible de trente ans pour braquage à main armée d'une banque où un employé avait été tué alors qu'il déclenchait l'alarme. À trente-cinq ans, il se retrouvait dans la peau d'un septuagénaire sans cheveux, au regard éteint et aux muscles ayant perdu toute tonicité.

Le choc le plus brutal fut pour ses parents que l'on avait pourtant eu soin de prévenir du changement considérable de leur fils. Ils eurent du mal à lui ouvrir les bras en le revoyant, tant était grande la difficulté à le reconnaître.

- Ben, dis donc, on est pareil maintenant, dit le père en signe de bienvenue, les larmes plein le regard. J'aurais pas cru possible. Mais t'es libre, c'est peut-être mieux que la prison.

M2008 répondit :

- Je ne sais pas, mais j'aurais fini par y crever dans cette putain de prison. Patricia n'est pas là ?

- Patricia, ta compagne, n'a pas eu le courage de venir te chercher. Elle préfère se préparer doucement au changement.

- Oui, je comprends. D'ailleurs, je ne sais pas si j'ai envie qu'elle me revoie comme ça !

Ils l'aidèrent à monter dans le véhicule garé le long du trottoir face à la prison et la mère en voyant de dos cet étonnant homme de 35 ans qui paraissait désormais aussi vieux que son père, se dit que les vêtements qu'il portait n'allaient plus du tout : la chemisette jaune à motifs colorés, le jean délavé avec son ceinturon à grosse boucle et surtout ces chaussures de cow-boy à bout si pointu et qu'elle n'avait jamais aimées.

Seulement quand elle aperçut d'un peu plus près le dégât provoqué par le V.A., elle ne put retenir un petit cri. Un long frisson angoissant lui parcourut le corps, comme si elle ressentait l'injection de V.A. qu'on avait faite à son fils ; elle aussi prit cette accélération de temps, de la vie comme une effroyable tromperie sur le destin. Peut-être que le cauchemar commençait réellement cette fois-ci.

Le matricule 2020 retrouva sa femme et ses trois enfants qui l'embrassèrent timidement, alors que lui s'abandonnait à des effusions sans fin. Il venait de purger cinq années pour le meurtre d'une vieille voisine richissime dont il avait convoité l'argent. Il avait pensé suffisamment l'apeurer pour qu'elle lui livre les numéros de son coffre, mais elle s'était débattue comme une furie. Affolé par ses cris, il avait fini par l'étouffer alors qu'il souhaitait simplement la faire taire. Le jury n'y vit qu'un crime crapuleux et lui infligea vingt-cinq ans de peine. Il eut donc un V.A. de vingt ans et, comme il en avait quarante-cinq, les enfants et l'épouse furent confrontés à un vieux monsieur très affaibli et larmoyant.

À table, les enfants se poussaient du coude pour faire observer aux autres les ravages du V.A. sur la bouche, les dents, le crâne.

Son épouse lui prépara pour la deuxième nuit un lit à part. Elle lui expliqua qu'elle dormait seule depuis cinq ans, que ses ronflements la perturbaient et qu'ils se reposeraient l'un et l'autre sûrement mieux ainsi. M2020 eut un petit rictus de dépit. Il savait pertinemment qu'il ne ronflait pas, mais aussi qu'il n'avait plus aucun désir sexuel. Alors à quoi bon insister pour occuper le lit conjugal ? Peut-être pour la chaleur, la tendresse que les bras de sa femme pouvaient encore lui donner. Seulement il s'aperçut au bout de quelques jours qu'elle l'observait souvent à la dérobée et qu'elle était gênée, incommodée même, quand il la touchait seulement avec la main.

En se rasant le matin, il remontait avec ses doigts les bajoues qui s'étaient si vite formées au bas du visage et essayait le temps de cette pose devant la glace, de retrouver sa physionomie de jadis. Il remarquait aussi ses bras devenus flasques, alors ses yeux quittaient rapidement le miroir.

Sa femme partait tôt le matin pour se rendre dans une agence d'assurances à l'autre bout de la ville où elle occupait un poste de secrétaire. Là, personne ne connaissait leur histoire. Mais dans son immeuble on commença à jaser, sur le père de ses enfants, vieux comme ça et absent si longtemps. Les gens ne tardèrent pas à être intrigués, puis à comprendre et commencèrent à l'épier et à enquêter à leur manière sur son passé.

Les enfants se taisaient, évitaient désormais d'aller chez leurs copains après la classe, de peur d'être interrogés.

Le père, de son côté essayait de se rendre le plus utile à tous, mais il commit la maladresse d'aller un après-midi à la sortie du collège pour ramener les enfants qui feignirent de l'ignorer. Il les appela plusieurs fois et devant son insistance, ils furent contraints de répondre.

- C'est ton père ? demanda un des camarades qui était avec eux.

- Non, non, c'est un vieux que ma mère a pris en pitié et dont elle s'occupe.

- Ben dis donc, il a l'air de bien vous connaître maintenant.

Ils ne répondirent pas et s'empressèrent d'allonger la foulée pour s'éloigner le plus rapidement possible de l'établissement scolaire en entraînant leur père.

- Faut pas venir nous chercher.

- Vous avez honte de moi ?

- Ben, on a dit depuis longtemps que notre père était du genre aventurier, grand baraqué, jeune et qu'il était en Australie, chercheur d'opales. Alors t'es pas vraiment dans les critères !

- Oui, je comprends.

Sa femme lui demanda au bout de quelque temps s'il souhaitait reprendre son travail de mécanicien. En fait, elle savait parfaitement qu'il en était incapable. À la façon maladroite qu'il avait de se mouvoir, à l'achat de lunettes à fort effet grossissant qu'elle venait d'effectuer pour lui, à ses mains devenues si malhabiles, elle se dit qu'elle avait, en fait, une bouche de plus à nourrir. Elle ne pensait pas qu'une telle transformation physique perturberait autant ses sentiments à son égard.

Elle avait aimé cet homme et même après "l'accident", elle préférait dire l'accident et non le crime auquel elle n'avait jamais cru, elle avait continué à s'en occuper, à lui écrire, à lui envoyer des colis et à passer le voir chaque mois.

Les enfants, quant à eux, avaient choisi de cacher ce père assassin et rapidement, ils prétextèrent mille bonnes raisons pour ne pas se rendre au parloir. La mère n'insista pas. C'était un secret si lourd à porter. Au fil des mois de l'incarcération de son mari, elle commença à se raisonner sur son absence. Sa famille l'encourageait dans ce sens et lui préconisait même de refaire sa vie. Seulement, elle repensait aux années où, amoureuse, elle aimait se blottir contre lui et aux caresses qu'ils échangeaient quand ils se retrouvaient. En souvenir de ce qu'ils avaient partagé, elle l'accepta à nouveau dans sa maison.

M2020 était apaisé que sa femme n'eût pas oublié ces moments heureux, mais perturbé par l'attitude des enfants qui le rejetaient et par ce corps dont sa femme ne voulait plus. Alors, un matin, au moment où elle devait partir, il la prit dans ses bras et la serra contre lui. Gênée, elle se dégagea rapidement, il n'insista pas. Il se retrouva seul dans l'appartement dont il fit le tour en s'attardant dans la chambre des enfants partis à l'école. Lui non plus, ne les reconnaissait plus. Trop de temps s'était écoulé sans contact important. Il libella sur une enveloppe qui traînait sur un des bureaux : “Isabelle, merci pour tout” et la déposa sur l'oreiller du lit de sa femme. Il laissa les clefs exprès sur la table de la salle à manger et referma lentement la porte.

Il descendit d'un petit pas sec les escaliers et se retrouva projeté dans la lumière du matin qui était très douce. Il leva la tête, le ciel lui parut d'une pureté inaccoutumée. Il se dirigea vers le canal tout proche, déambula un moment sur ses berges, puis disparut dans un bus en direction de la banlieue. En quittant le véhicule une heure plus tard, il rattrapa après une marche de quelques centaines de mètres, le canal. Les maisons étaient rares, des chiens jappaient au loin, des peupliers tout proches bruissaient à chaque passage d'un vent léger. Il s'approcha du bord du canal, fit dépasser ses bouts de souliers au-dessus de l'eau et sembla attendre que le vent le fasse mouvoir lui aussi. Il tomba dans l'eau et ne fit aucun mouvement pour revenir à la surface. On retrouva son corps dans la soirée et on ne put ni l'identifier, ni même mettre un âge sur le cadavre. C'était celui d'un homme qui laissa perplexes les pompiers venus le repêcher après l'alerte d'un promeneur. Le corps était celui d'un vieillard, mais le visage déconcertait par le repos et la fraîcheur des traits.

Le matricule 3008 entendit se refermer avec satisfaction la lourde porte de la prison. Avec son claquement, il laissait d'un coup les deux années de détention qu'il venait d'y endurer pour meurtre dans une affaire d'escroquerie qui avait mal tourné. Le V.A. de quinze ans qu'il venait de subir ne l'affectait pas outre mesure, ou du moins, s'en défendait-il, car il avait eu le temps juste avant son arrestation de dissimuler la part du magot qui lui revenait dans l'histoire.

Avec ce capital, il avait la possibilité de prendre le large (la pièce électronique n'était plus repérable au-delà de mille kilomètres), de se refaire une santé et une vie nouvelle en appréciant si possible pleinement les jours qui allaient advenir. Il était libre et s'il affichait momentanément ses soixante-quinze ans, il était certain de retrouver son aspect antérieur grâce aux mains expertes de chirurgiens plasticiens qui sauraient accomplir le miracle de le rajeunir. Il était plus important de consacrer son énergie à se reconstituer mentalement et physiquement que de se lamenter sur la perte de toutes ces années. Le remords du meurtre ne l'effleurait même pas. C'était suffisamment cher payé.

D'un pas aussi décidé que possible, il se dirigea vers l'extrémité sud de la rue, jusqu'à une station de taxis. En traversant Paris, il s'étonna de la densité de population, de véhicules et n'eut pas envie de faire les derniers mètres à pied pour accéder à la porte cochère de son immeuble. Il retrouva son appartement dans le cinquième arrondissement dans l'état où il l'avait laissé : en ordre, mais poussiéreux.

Son métier d'antiquaire lui avait rapporté autrefois une certaine aisance qui le mettait à l'abri du besoin. Il pourrait ainsi patienter quelque temps avant de déterrer le magot et s'évanouir comme il le souhaitait dans la nature avec une nouvelle tête.

Ses parents étaient décédés et son homosexualité lui avait épargné la pénible séparation avec une épouse et des enfants.

Il se demanda un instant s'il désirait revoir les anciens amis qui partageaient jadis sa vie sexuelle débridée. Mais les temps étaient devenus plus dangereux et tout désir sexuel l'avait fui désormais. Alors, à quoi bon? Mieux valait recommencer ailleurs autre chose, où personne ne le connaîtrait.

En reprenant possession des lieux, il imagina qu'il avait seulement fait un tour dans une autre dimension où il avait dû payer un prix de quinze ans de sa vie pour s'échapper et revenir à la case départ. Mais dans un endroit connu de lui seul, attendait une valise de billets qui lui permettrait de remettre en état ce corps avec lequel il avait beaucoup joué.

Il se fit couler un bain, le remplit de mousse pour ne pas observer les dégâts du V.A. sur sa peau et mit la radio sur une fréquence de musique classique. Monserrat Caballé et Shirley Verrett interprétaient le duo : *Mira, o Norma* de Bellini, un de ses préférés. La musique lui avait souvent manqué durant son emprisonnement. La promiscuité des cellules était telle qu'il était impossible de s'isoler et les walkmans avaient été interdits, car de petits malins savaient cacher et bricoler des téléphones pour communiquer avec l'extérieur.

Retrouver tant d'espace pour lui seul et pouvoir choisir les sons qu'il désirait lui parurent soudain un luxe prodigieux. Il savoura pleinement ce plaisir en glissant dans l'eau chaude de la baignoire. Il ferma les yeux pour mieux se laisser imprégner par la sensation voluptueuse du bain qu'il avait oubliée depuis tant de mois et par les voix harmonieuses des deux cantatrices.

Voilà, il fallait donner un coup de gomme à ce qui venait de se passer et plonger dans l'avenir, en oubliant cette putain d'accélération du temps qui lui avait avalé d'un coup, quinze ans de sa vie.

# VI

Louise était très excitée par la soirée qui se préparait. On fêterait les cinquante ans de Pierre Lacaze qui n'était pas au courant des réjouissances organisées par sa femme et ses amis. Depuis la fin d'après-midi, elle avait inventorié toutes les tenues possibles qu'elle pouvait porter pour cette circonstance.

Après plusieurs essayages qui manifestement ne la satisfirent pas, elle se décida pour une robe noire très simple. Le décolleté du dos suffisait pour mettre en valeur sa silhouette. Elle releva ses cheveux en un élégant chignon gonflant et pinça ses oreilles de deux clips de diamants discrets que lui avait offerts son mari pour leurs dix ans de mariage. Elle fit ressortir par un léger maquillage la carnation lumineuse de sa peau de blonde et vit dans le miroir ses yeux qui brillaient. Son mari la trouva particulièrement en beauté et le lui fit remarquer :

- Tu as l'air en pleine forme.

- C'est le printemps ! Tu sais bien que c'est ma saison préférée.

Seulement, en passant par le dressing pour se changer, il aperçut plusieurs robes sorties ou tombées de leurs cintres, ce qui n'était pas dans les habitudes de Louise.

- Je constate que le choix a été difficile. À qui veux-tu plaire ?

Louise rougit légèrement et sans se tourner rétorqua :

- J'ai pris un peu de poids.

- Ah ? Je n'avais pas remarqué.

Elle s'abstint de lui répondre et se concentra sur la pose de son rouge afin qu'il ne déborde pas de l'ourlet parfait de ses lèvres.

Ils partirent à pied vers la maison des Lacaze qui se situait à un quart d'heure de marche de la leur. C'était mi-juin et la douceur de la température en cette fin de journée ensoleillée avait rempli les rues de gens qui flânaient et s'attardaient aux terrasses des cafés. Louise sourit en passant devant l'un d'eux, se remémorant l'après-midi en compagnie de Marc Benier. Elle se surprit à sentir les battements de son cœur à mesure qu'elle approchait du domicile des Lacaze.

La porte était entrebâillée et Antoine, douze ans, le fils, faisait office de portier. Il les embrassa et cria :

- C'est tout droit, au bout du couloir dans le jardin !

Louise chercha immédiatement des yeux Marc Benier parmi les invités déjà présents. Ne le voyant pas, son expression changea. Une légère inquiétude effaça le petit sourire qui était habituellement le sien et elle se dirigea vers Pierre Lacaze surpris et heureux de la fête donnée en son honneur. Il rayonnait derrière ses épaisses lunettes, entouré de ses amis et les bras chargés des cadeaux qui lui étaient offerts.

Manon vint à leur rencontre accompagnée des amis de laboratoire avec lesquels ils avaient dîné quelque temps auparavant.

Maurice Dannaud entama tout de suite la conversation avec eux. Louise s'efforçait de sourire et répondait à chacun des banalités, mais elle demeurait préoccupée par l'absence de Marc. Ses yeux allaient sans cesse des escaliers aux groupes et elle évitait de tourner le dos à l'entrée du jardin.

Et puis soudain, elle reconnut dans l'embrasure de la porte la silhouette de celui qu'elle attendait. D'un coup, son visage s'illumina. Maurice Dannaud qui avait observé la nervosité de sa femme, nota immédiatement le changement. Il suivit la direction du regard de Louise et reconnut Marc Benier qui avançait vers elle. Il l'avait immédiatement repérée parmi les convives. Elle et lui se serrèrent la main chaleureusement, visiblement heureux de se retrouver. Maurice Dannaud, le mari, feignit de ne rien remarquer et tourna la tête vers ses interlocuteurs. Son cœur n'était plus à la fête. Il comprit le comportement de Louise depuis cette fin de journée et sentit qu'il lui faudrait encore beaucoup de diplomatie pour la garder toute à lui. Elle était déjà dans le regard d'un autre et manifestement avait envie de s'y perdre.

Le reste de la soirée ne lui servit qu'à confirmer ce qu'il pressentait : l'attirance de Louise pour cet homme qui l'invita plusieurs fois à danser était bien réelle. Il constata combien leur couple était en harmonie dans tous les pas de danse qu'ils esquissèrent ensemble. Maurice Dannaud ne cessait de serrer nerveusement la flûte de champagne qu'il changeait fréquemment de main. Il trouva Louise très désirable mais inconséquente. Comme toujours, elle s'enflammait pour des hommes de pouvoir ou de prestige et puis après une aventure, lui revenait meurtrie ou plus légère. À chaque fois, il feignait d'ignorer ces jeux de séduction dont Louise avait besoin pour fonctionner dans sa vie.

Il pardonnait silencieusement parce qu'il ne pouvait lui donner les enfants qu'elle désirait. C'était sa façon de s'auto-punir et de remercier Louise de continuer à vivre avec lui malgré sa stérilité. S'il restait profondément blessé dans son orgueil d'homme, il savait aussi que la seule manière de retenir Louise auprès de lui, était d'accepter cette part de liberté qu'elle prenait dans leur couple. Le plus important, demeurait la présence continue de Louise dans sa vie. Il l'aimait malgré toutes les blessures secrètes qu'elle lui infligeait. Mais ce soir-là, elle et Marc comprirent en dansant dans les bras l'un de l'autre, que quelque chose de spécial était en train de s'engager entre eux, quelque chose qu'ils avaient rencontré plusieurs fois dans leur vie respective et qui les avait fait délicieusement vibrer. Ils étaient prêts l'un et l'autre à renouer avec tous ces sentiments tumultueux que le contact de leurs corps déclenchait malgré eux. Ils décidèrent dans le silence de cet échange de se laisser emporter par tous les frémissements d'une passion naissante.

Trois jours plus tard, dans le secret d'une chambre d'hôtel anonyme, Louise laissa glisser sa robe de soie bleue à côté du lit et se réfugia contre la poitrine de Marc qui l'enlaça si tendrement qu'elle n'osa plus bouger. À l'instant où leurs corps s'abandonnèrent l'un à l'autre, leurs mains se joignirent comme pour un serment. Ils comprirent alors qu'au plaisir et à l'émotion partagés dans cette immense douceur, se nouait entre eux un lien particulier qu'ils n'avaient pas encore connu et qu'il serait difficile de délier.

Ils restèrent plusieurs minutes sans parler parce qu'il n'y avait que le silence pour traduire la magie de ce moment. Tous deux étaient dans l'écoute émue et attentive des messages que livraient à leur mémoire leurs cinq sens exacerbés.

Ils ne voulaient pas oublier.

# VII

Près de six mois s'étaient écoulés depuis la première injection de V.A. sur un détenu de droit commun. S'en était suivi un nombre relativement important de criminels ainsi traités et remis en liberté. Il était temps d'établir le bilan, d'évaluer l'impact et les conséquences, sur la population et la cité, des centaines d'anciens prisonniers prématurément vieillis et relâchés, inoffensifs. Comme le V.A. n'avait été jusqu'à présent inoculé qu'aux détenus cumulant les plus lourdes peines, ceux-ci demeuraient discrets une fois libérés, sachant combien la monstruosité de leurs forfaits les faisait définitivement rejeter par la société.

Pour la première fois depuis longtemps, la criminalité marquait un léger fléchissement. Seulement, les honnêtes vieillards, ceux qui n'avaient rien à se reprocher se virent soudain observés par des tas de gens qui devinrent méfiants à leur égard quand ils ne les connaissaient pas.

Cette discrimination imprévue entraîna des effets tout à fait inattendus. Avertis par les parents, les enfants ne voulurent plus s'approcher des vieux et l'on n'eut plus aucune prévenance pour eux. Ils restaient debout dans les transports en commun et durent se débrouiller seuls dans toutes les circonstances où leur grand âge leur permettait auparavant de bénéficier de quelques égards.

Des associations d'honnêtes vétérans se constituèrent alors pour exiger une distinction évidente entre eux et les anciens criminels.

Déjà que vieillir, exigeait une bonne dose de philosophie, voilà que c'était devenu la sanction, la punition la plus dissuasive que l'on pût trouver contre le crime. C'était faire injure à tous ceux qui avaient eu l'honneur de vivre debout et de traverser le temps dignement. Ils réclamèrent la reconnaissance d'un statut particulier qui leur rendrait la considération à laquelle ils avaient droit. Vigilants, ils demeuraient la mémoire vivante de leur temps.

Cet effet pervers du V.A. embarrassa vivement le gouvernement qui ne savait comment dans l'immédiat résoudre le problème. Il fallait, de toute évidence, réhabiliter la vieillesse. Elle constituait un électorat important et puissant qu'il fallait ménager. Il ne fallait plus la considérer comme le châtiment extrême.

Après mûres réflexions, on décida plusieurs mesures qui eurent l'aval de tous et elles furent mises très rapidement en application.

On proposa dans un premier temps de faire tatouer sur la main de son choix la représentation d'une médaille de mérite, symbole de sa vie de bon citoyen. Ce tatouage avait la particularité de ne pouvoir être imité car il était exécuté avec des encres spéciales qui le rendaient lumineux dans la nuit. Ainsi, tous ceux qui par leur âge pouvaient être confondus avec des criminels se déterminèrent à porter ostensiblement cette distinction si particulière.

On entreprit d'autre part, par la voie de la télévision et des écoles, une campagne de sensibilisation sur le respect que l'on devait aux vieillards. Ils avaient contribué à bâtir le monde d'aujourd'hui, à développer ses richesses et même s'ils n'avaient pu enrayer les maux dont il avait toujours souffert, on leur devait la reconnaissance de lui avoir épargné d'être détruit dans les conflits internationaux qui faillirent maintes fois dégénérer.

On reconsidéra également la retraite. Comme les progrès de la médecine permettaient de prolonger la durée de vie et surtout sa qualité, on décréta qu'il était désormais possible de travailler jusqu'à un âge avancé, c'est-à-dire tant qu'on était dans la jouissance de toutes ses facultés intellectuelles. Pour compenser, on avait la possibilité en revanche, de prendre au cours de son existence, un certain nombre d'années sabbatiques qui seraient décomptées des années de retraite. Cette mesure incitant à rester le plus longtemps actif dans la vie professionnelle devait permettre de ne plus estimer la retraite comme une fin dans ses projets de vie.

On examina le mot "retraite" lui-même, pour le remplacer par un autre qui évoquerait moins le désengagement.

Les pays voisins observaient avec curiosité ces séries de mesures et attendaient avant de tenter les mêmes expériences.

On passa au stade suivant de l'expérimentation qui consistait à inoculer le V.A. aux auteurs de délits moins graves.

Cela, apparemment, n'entraîna aucune gêne notoire et beaucoup de détenus, une fois traités, purent rejoindre leur famille. On s'aperçut au bout de quelque temps que ces mesures avaient l'avantage de rendre moins violents les délinquants qui n'étaient plus, ainsi, au contact des malfrats les plus dangereux. En cas de récidive, on doublait la peine. C'était suffisamment dissuasif.

Restait l'application du V.A. aux femmes. Cela semblait poser un problème éthique beaucoup plus important que pour les hommes dans la mesure où elles engendraient des enfants. Comme les criminelles étaient moins nombreuses que les hommes, la question parut moins cruciale et son règlement moins urgent.

Le gouvernement s'efforçait par ailleurs, d'apporter discrètement des aides aux œuvres caritatives qui s'impliquaient dans le secours aux anciens détenus dont le V.A. avait été particulièrement important et qui étaient dans l'impossibilité de renouer avec une vie en société. Mais dans le même temps, on dut mettre sous haute surveillance la plupart des prisons, car les tentatives d'évasion se multipliaient dangereusement. Certains prisonniers qui bénéficiaient de complicité extérieure et qui avaient les moyens financiers de corrompre quelques gardiens volontairement moins vigilants à certaines heures, s'évadèrent et passèrent à l'étranger, certains ainsi, d'échapper au V.A.

# VIII

La relation de Marc Benier avec Louise Dannaud s'était affermie durant l'été. Les deux mois avaient été propices à plusieurs rendez-vous confidentiels, toujours dans des lieux discrets où, à chaque retrouvailles, leurs corps s'étaient abandonnés l'un à l'autre dans d'ardentes étreintes qui les laissaient profondément troublés. Après les élans fougueux, s'installait une douceur apaisante entre eux que chaque geste renforçait encore par la tendresse qui s'en dégageait.

Les séparations s'effectuaient dans un climat de tristesse que seul Marc contrôlait. Louise avait le regard si embué à chaque départ, qu'elle n'osait lever les yeux vers ceux de son amant afin de ne pas compliquer le moment de l'éloignement. Marc la serrait dans ses bras et lui murmurait doucement qu'ils allaient très vite se retrouver. Alors Louise partait, toujours la première, en se retournant et en faisant un petit signe de la main pendant que Marc tenait ouverte la porte. Elle ne voulait jamais se retrouver seule dans la chambre d'hôtel qui lui avait servi de lieu d'amour et elle rentrait chez elle. Il lui fallait un sas de quelques heures afin de cloisonner cette vie parallèle et de redevenir l'épouse de Maurice Dannaud.

L'importance de sa relation avec Marc prenait une place qu'elle n'avait initialement pas prévue dans sa vie.

Pour la première fois, elle n'envisageait pas son dénouement par une rupture de sa part.

Marc, de son côté, vivait cette liaison d'une manière fébrile et de façon beaucoup plus intense qu'il ne l'aurait voulu. Il n'osait encore s'avouer la profondeur de ses sentiments et son désir de garder Louise, définitivement, dans son existence.

Maurice Dannaud ne laissait rien paraître du désarroi dans lequel Louise le plongeait. Il devinait les rendez-vous intimes et clandestins ; il guettait impatient, l'instant où l'histoire se terminerait comme toutes les autres, pour retrouver la femme qu'il avait toujours aimée malgré la trahison. Seulement, cette fois-ci, Louise semblait s'installer dans cette aventure et ses yeux brillaient étrangement quand il la surprenait à rêver devant sa tasse de thé, qu'elle ne buvait qu'à petites gorgées, comme pour prolonger un plaisir connu d'elle seule et dont il respectait la confidentialité. Il attendait. Elle reviendrait ; elle revenait toujours à lui quel que fût le voyage qu'elle avait momentanément entrepris avec un autre.

Depuis longtemps Marc ressentait des malaises digestifs accompagnés de nausées qu'il mettait sur le compte d'une mauvaise hygiène de vie, car il avait rarement le temps d'un vrai repas, se contentant le plus souvent d'un sandwich accompagné d'une bière.

Après des examens qui ne décelèrent rien de précis, son médecin lui préconisa une alimentation plus équilibrée et du repos mais il savait pertinemment qu'il ne pourrait le prendre. Les dossiers s'accumulaient, les problèmes à régler restaient en suspens, le moment n'était vraiment pas opportun.

Un soir, après une journée de travail particulièrement chargée, il fut pris d'un violent mal de tête qui l'obligea à se coucher plus tôt qu'il ne l'avait prévu. Il s'accorda alors une vraie nuit de repos en dormant neuf heures d'affilée, chose qui ne lui arrivait qu'exceptionnellement.

Louise, inquiète, lui demandait d'être plus vigilant sur sa santé, elle aurait voulu être plus présente dans sa vie, lui préparer de vrais repas et le contraindre à moins travailler. Cette constatation l'amena à réfléchir sur sa liaison qui la comblait par les moments ardents qu'ils partageaient, mais la laissait insatisfaite par l'obligation qu'elle fût clandestine. Elle se prit à rêver d'une union avec Marc dès qu'elle serait libre, dès qu'elle aurait eu le courage d'affronter le regard de son époux et de lui avouer qu'elle avait cessé de l'aimer. Mais elle effaçait immédiatement cette scène de son imaginaire, parce qu'elle se sentait incapable de vivre un moment aussi pénible avec l'homme qui lui donnait un amour sans faille depuis tant d'années. Il ne méritait pas cela. Louise l'admirait, le respectait, lui vouait une immense tendresse, comment pourrait-elle lui infliger une telle souffrance? Seulement, chaque fois qu'elle allait aux rendez-vous cachés de son amant, son cœur lui signifiait par l'accélération de ses battements que tout son être réclamait désormais Marc et que son corps était dans l'attente de son contact.

Lors d'un après-midi qu'ils avaient volé chacun dans leur emploi du temps chargé, et qu'ils partageaient secrètement dans un hôtel, Marc lui déclara :

- Louise, tu as pris une grande importance dans ma vie. Je te voudrais à mes côtés. Es-tu prête à me suivre?

Louise tressaillit sous les mains de son amant qui l'enserrait par la taille. Troublée, elle répondit dans un souffle :

- Oui…

Puis après un temps de silence, elle enchaîna :

- Mais il me faut un peu de temps pour préparer Maurice à ce départ. C'est quelque chose de difficile pour lui comme pour moi. Il m'aime toujours, tu comprends ? Je n'ai rien à lui reprocher, si ce n'est de ne pas avoir d'enfant.

- Oui, je comprends. Mais cela ne sert à rien de faire traîner cette situation qui ne satisfait aucun d'entre nous. Je sais maintenant que je tiens à toi et je n'ai pas envie de te perdre. Je patienterai ce qu'il faudra, mais il faut que tu parles.

Louise se pelotonna un peu plus contre la poitrine de Marc ; elle avait envie de rapetisser, de se faire la plus petite possible, envie aussi qu'il l'emmène très loin, sans qu'elle ait d'explication à fournir à son mari. Elle redoutait au-delà de ce qu'elle avait imaginé la confrontation avec Maurice.

De retour chez elle, elle leva la tête et observa quelques minutes le ciel. Elle s'aperçut qu'il ne retentissait plus des cris stridents des hirondelles et qu'elles ne le traversaient plus de leur vol haut et fulgurant. L'automne était arrivé discrètement. Le ciel s'habillait de nuages blanc-gris accompagnés d'un vent qui entraînait dans ses tourbillons légers et capricieux les premières feuilles tombées des arbres.

- Mon Dieu, se dit-elle, l'été est déjà fini.

Elle décida de faire demi-tour et de se rendre au centre “Assistance Secours” auquel elle avait adhéré il y a quelques mois. Elle se chargeait grâce à ses relations de collecter des fonds qui finançaient en partie les besoins les plus urgents des personnes à la rue dont l'œuvre s'occupait.

C'est ainsi qu'elle avait pu contribuer à l'installation du foyer dans le quartier désaffecté où demeurait le matricule 1728. C'est elle qui avait fait repeindre l'intérieur de la cour et posé sur le bord d'une des fenêtres le géranium rouge. Elle se portait parfois volontaire pour distribuer les repas, mais les regards de tous ces “laissés-pour-compte” la gênaient. Elle se sentait trop propre, trop nantie, il y avait un tel décalage entre elle et eux ! Venaient s'y adjoindre depuis quelque temps des personnages étranges qui avaient l'allure de vieux sans en avoir les comportements, jusqu'au jour où l'un des bénévoles lui glissa discrètement :

- On en a une vingtaine.
- Une vingtaine de quoi ?
- De V.A. Vous ne saviez pas ?

Elle le regarda, médusée. Maintenant elle comprenait pourquoi elle était perturbée par l'observation discrète de certains. Manifestement les corps n'étaient pas encore entraînés à restreindre leurs mouvements dans leur déplacement et il s'ensuivait des grimaces de douleur et de gêne significatives sur les visages. C'était comme si ces individus se trouvaient entravés par des vêtements trop étroits ou brusquement rétrécis.

Louise pensa à Marc, aux responsabilités contraignantes qui étaient les siennes et se demanda s'il avait eu l'occasion de constater les effets du V.A. sur des personnes depuis sa mise en application. La vue de tous ces malheureux, sans rien connaître de leur passé, la bouleversait.

Avant la froidure de l'hiver, elle leur proposa avec l'aide des autres bénévoles, de les installer provisoirement dans les immeubles désaffectés qui entouraient leur local. Le souvenir nauséeux de la promiscuité de la prison leur faisait rejeter la vie communautaire, mais ils éprouvaient en même temps un certain sentiment de sécurité à se sentir réunis et presque solidaires dans leur infortune.

Ainsi commença pour Louise une autre facette de son existence consacrée à aider ces miséreux et ces criminels à la vitalité foudroyée d'un coup. Elle se refusait à connaître les crimes crapuleux dont ils s'étaient rendus coupables, ne constatant que la déchéance physique qui les frappait.

Manifestement, ils ne savaient que faire de leur récente liberté. La plupart se contentaient d'errer dans le quartier déserté et de se retrouver à l'heure de la pitance, dans la cour du centre.

Ils prirent l'habitude de sa venue régulière et de sa discrétion, elle apportait des journaux et des ouvrages que sa bibliothèque ne conservait plus. Elle constata la difficulté pour beaucoup à les lire en raison de leur vue devenue trop faible et fit en sorte d'équiper le centre de plusieurs dizaines de paires de lunettes en attendant de pouvoir régler individuellement leur problème.

Maurice Dannaud n'encourageait pas l'action de sa femme, il craignait qu'elle ne fût agressée en la voyant rentrer de plus en plus tard. Mais pour Louise, cette démarche lui était devenue nécessaire. En outre, elle avait l'avantage de représenter l'excuse la plus fiable qu'elle pouvait donner à son mari quand le rendez-vous avec Marc avait lieu en fin de journée.

De même, elle décida de ne pas dévoiler à ce dernier l'engagement qui était le sien dans "Assistance Secours". Elle ne souhaitait pas à avoir des raisons à donner sur son geste qui ne concernait qu'elle-même.

## IX

Maurice Dannaud sentait Louise tendue à chaque fois qu'ils se retrouvaient en tête à tête. Elle évitait désormais son contact, prétextait mille et une petites tâches à terminer avant de rejoindre la chambre conjugale et finalement déclarait qu'une fatigue inconnue d'elle jusqu'à présent, lui supprimait toute libido. Elle embrassait son mari sans s'attarder dans ses bras, vite, lui tournait le dos en éteignant sa lampe de chevet et feignait de s'endormir profondément dans les minutes qui suivaient.

Il comprit que l'aventure cette fois-ci avait pris une tournure de gravité qu'il n'était plus aussi sûr de maîtriser. Il ne savait pas s'il devait aborder le problème avec Louise, l'obliger à avouer sa forfaiture, l'absoudre, et, en lui accordant ce pardon, la contraindre à rompre.

Un matin, alors qu'elle s'apprêtait à partir, il lui dit en guise d'au revoir :

- Je crois qu'il faut que nous parlions.

Surprise et troublée, elle ne sut que répondre dans un premier temps, et finalement, balbutia en tirant la porte :

- Oui…

Dehors, elle se sentit chancelante : le moment tant redouté de l'aveu approchait, elle ne pouvait sans cesse s'y dérober. Elle aspira plusieurs bouffées d'air frais pour aider le tumulte de ce qui se passait dans sa tête à se calmer. Elle aurait voulu joindre Marc, mais elle le savait en déplacement pour une mission à l'étranger dont il ne devait revenir que le lendemain soir.

La journée lui parut interminable, inintéressante, elle commit plusieurs erreurs sur son ordinateur dans les références d'ouvrages qu'elle commandait pour la bibliothèque. Quand le soir s'annonça et qu'il fallut songer à rentrer, elle entreprit toute une série d'achats pour la cuisine et le jardin. Elle arriva à son domicile, les bras chargés de paquets et se mit méthodiquement à ranger leur contenu. Maurice Dannaud n'était pas encore là, cela lui laissait le temps de préparer quelques explications, quelques phrases qui adouciraient la confession et les prises de décisions si importantes qui allaient immanquablement en découler.

Elle mit le couvert dans la petite salle à manger jaune qui donnait sur les arbres dorés du jardin. Elle contempla un moment par la fenêtre l'aménagement de ce coin de verdure qui lui avait demandé tant d'heures de travail et les joies aussi qu'il lui procurait à chaque saison, par la floraison ou les couleurs dont il s'apprêtait pour la surprendre et peut-être, même, la remercier de tant de soins. C'était probablement l'endroit où elle se sentait le mieux, le plus en harmonie avec ce qu'elle aurait voulu que fût sa vie.

La vue de ce havre verdoyant lui apportait un apaisement qu'elle ne partageait avec personne. Elle entretenait une relation mystérieuse avec cet espace dont elle s'était approprié les volumes, les dimensions. Elle l'avait pensé, façonné, nourri puis regardé prendre la maturité et l'ampleur nécessaires pour le déploiement de ses rameaux, de ses branches, de ses feuillages. Il lui apportait alors un contentement que tous les capteurs de ses cinq sens lui traduisaient par une excitation presque sexuelle.

Elle entendit la clef tourner dans la serrure de la porte d'entrée, Maurice Dannaud arrivait. Elle resta tournée vers le jardin comme pour y puiser le courage et le cran qui lui manquaient pour l'affronter.

Il s'approcha doucement derrière elle et l'enserra dans ses bras :

- Ton jardin est très beau, susurra-t-il à son oreille.

Alors Louise sentit sur ses joues couler des larmes qui tombèrent sur les mains de son mari qui la tenait serrée contre lui.

- Qu'est-ce qui ne va pas Louise?

- Je vais partir, Maurice, je vais partir. Il y a quelqu'un d'autre dans ma vie. Je n'ai rien, absolument rien à te reprocher. La vie auprès de toi a été douce, si calme, à l'image de ce jardin.

Maurice Dannaud fut parcouru par un soudain frisson qui s'arrêta net à la nuque. Ses idées devinrent confuses, son assurance lui échappait, il ne contrôlait plus la situation, mais il gardait Louise dans ses bras. Ce fut elle qui se dégagea lentement, devinant qu'il ne se dominait plus et qu'elle avait momentanément la maîtrise de l'instant.

Elle se tourna vers lui et osa le regarder dans les yeux. Elle y vit un tel désarroi qu'elle rabaissa aussitôt son regard et ne sut plus que faire, que dire.

- Louise, ce n'est pas la première fois qu'une chose pareille nous arrive… attends…

Elle ne répondit rien, parce que devant la détresse qu'elle venait de découvrir sur le visage de son époux, elle se sentait totalement désarmée.

- Je vais préparer le dîner, finit-elle par répondre.

Il resta les bras ballants devant la fenêtre du jardin et subitement une sourde colère l'envahit. Il aurait voulu secouer Louise, la gifler, l'obliger à réagir. Alors il empoigna le buste de terre cuite qui ornait le dessus de la cheminée et le projeta de toutes ses forces contre les vitres qui volèrent en éclats dans un bruit assourdissant. Louise sortit précipitamment de la cuisine et l'entendit sangloter :

- Mais je suis con, con, j'aurais dû réagir tout de suite. J'ai bien vu que ce Marc Benier te faisait une opération de séduction et toi, tu y répondais, Louise, tu y répondais, comme si je n'avais jamais existé.

Elle fut prise de sanglots, mais elle ne savait plus si elle pleurait pour Maurice, pour la fin de leur histoire ou pour sa liaison avec Marc.

Il était maintenant effondré sur une des chaises, le visage enfoui dans ses mains qui tremblaient. Elle s'approcha de lui, se mit à genoux et lui prit une main. Il se laissa faire et au bout d'un long moment, il se leva, très calme :

- Je suis ridicule. Cette situation est ridicule. Il fallait bien que cela se termine ainsi un jour ; je n'ai jamais pu te donner ce que tu attendais. Il se dirigea vers la fenêtre :

- Je vais essayer de réparer mes conneries pour la nuit.

Le vent s'était engouffré dans la salle à manger avec un air froid et des feuilles d'arbres s'étaient éparpillées sur les débris de verre, de terre cuite et sur la table.

Louise se mit à ramasser les morceaux machinalement en évitant de répondre.

- Laisse, articula son époux, tu vas te blesser.

- Mais non, je vais faire attention.

Ils s'occupèrent pendant un certain temps à remettre en état la pièce ; il fixa un matériau spécial qui imitait le verre, sur l'armature des fenêtres en attendant la réparation définitive.

Louise essayait de rassembler les morceaux de terre cuite, mais elle était brisée en des dizaines d'éclats et il lui parut improbable de pouvoir la réparer.

Alors, elle rassembla le tout sur une pelle et jeta les vestiges dans la poubelle. Elle eut l'impression bizarre d'y glisser elle aussi.

Dans les jours qui suivirent, Maurice entreprit plusieurs fois de raisonner Louise, mais elle évitait désormais le plus possible de rester seule avec lui et s'abstenait de réponses qui pussent davantage l'accabler.

Le voyant désemparé, elle s'obligeait à une présence affectueuse, elle ne pouvait quitter la maison en l'abandonnant du jour au lendemain. Elle redoutait qu'il ne commît quelque acte désespéré dont elle se serait sentie responsable. Au fil des jours, il devenait de plus en plus taciturne.

Plusieurs semaines s'écoulèrent. Chacun avait continué à vaquer à son travail et ses occupations diverses en évitant soigneusement de parler de la date du départ de Louise.

Les journées s'étaient tristement rétrécies et habillées de gris, mais parfois, elles se laissaient infiltrer d'une lumière automnale dorée qui roussissait la végétation et embrassait sur le soir des portions de ciel dégagé de ses nuages épais.

Quand Maurice Dannaud comprit que sa femme le ménageait et qu'elle partirait quels que fussent ses arguments et ses sentiments, il commença à changer d'attitude. De taciturne, il devint affable, ouvert et Louise crut de bonne foi qu'il avait fini par se faire une raison, par accepter son départ. Elle essayait de se donner bonne conscience en argumentant qu'elle n'appartenait à personne, qu'elle demeurait libre de disposer d'elle-même, qu'elle avait le droit de faire ce qu'elle avait choisi.

Elle jugea donc le moment opportun pour commencer à préparer des bagages et les déposer chez Marc Benier, heureux de constater qu'elle se décidait enfin à le rejoindre de façon définitive.

Maurice Dannaud paraissait effectivement s'être fait à l'idée de la séparation d'avec sa compagne, et c'est ainsi qu'un matin, au petit-déjeuner qu'ils continuaient de prendre ensemble, bien qu'ils fissent désormais chambre séparée, il suggéra d'une voix enjouée :

- Louise, préparons avec nos amis ce dernier réveillon. J'y tiens beaucoup. J'aimerais garder ce dernier souvenir ensemble.

Surprise, elle l'observa un instant, ne sachant que penser de la proposition.

- Tu peux même inviter Marc Benier. Il faudra que je m'accoutume à vous voir désormais ensemble chez nos amis communs, parce qu'on continuera à se fréquenter, n'est-ce pas Louise ?

Elle resta déconcertée. Elle avait deviné, senti depuis des mois, la jalousie contenue de son mari, sa colère tout aussi maîtrisée puis sa lente résignation, mais jamais elle n'aurait osé imaginer cette soudaine coopération bienveillante.

- Non Maurice. Je serais gênée d'organiser cette fête pour annoncer à tous, notre divorce, même à l'amiable. Je préfère que cela se passe dans la plus grande discrétion. Je suis consciente que je me mets hors la loi de notre cercle amical et familial.

- Bah, c'est tellement commun ! Alors faisons un petit dîner à trois. Tu ne peux me refuser cette requête. Je tiens à mieux connaître personnellement l'homme avec lequel tu vas enchaîner maintenant ta vie !

Tout en cherchant la réponse la plus adaptée, elle analysait le vocabulaire utilisé par son mari : "enchaîner..." Il revint à la charge :

- C'est important pour moi.

Elle le considéra, interrogative sur ses intentions réelles. Il comprit son hésitation et poursuivit :

- Je suis un monsieur bien éduqué. Je saurai me montrer poli, probablement pas chaleureux, parce que ce serait beaucoup me demander, mais en tout cas courtois.

- Qu'aurais-tu à lui dire ?

- De prendre conscience de la chance inouïe qu'il a d'avoir une femme comme toi dans sa vie et de savoir te garder.

- Je ne crois pas que ce soit réellement une chance de me posséder. Je n'ai rien d'exceptionnel, j'ai même sabordé les dix années d'amour inconditionnel que tu m'as données. Il n'y a pas grand monde qui m'accorderait des circonstances atténuantes en cas de jugement. Je suis consciente du mal que je te fais.

- Je n'ai probablement pas su te donner tout ce que tu désirais, Louise, sinon tu serais restée à mes côtés. J'ai ma part de responsabilité.

C'est à la suite de cette conversation, qu'elle accepta l'idée du dîner dans les derniers jours de décembre. Ce fut un mois chargé pour tous.

Louise courait dès que son emploi du temps le lui permettait au centre Assistance Secours pour apporter son aide et sa contribution aux sans-logis. Les bénévoles avaient nettoyé dans un premier temps plusieurs appartements à l'abandon et remis sommairement en état les escaliers jusqu'au premier étage pour y accéder. Les sanitaires ne fonctionnaient plus depuis longtemps et il fallait se faire discret sur les réparations formellement interdites en raison de la vétusté des lieux.

Les V.A. s'étaient regroupés dans l'îlot le plus proche du local où l'on distribuait les repas et les soins. Louise s'étonna qu'ils fussent si nombreux à être recueillis ici, mais Assistance Secours était le seul organisme qui avait osé s'aventurer dans ces parages.

Quand elle rentrait chez elle, elle triait ses tiroirs, ses armoires et ne se perdait plus dans la contemplation de son jardin, à qui elle avait dit “au revoir” avec la fin de l'automne. Elle l'avait soigneusement nettoyé, taillé, paillé pour affronter l'hiver.

Il semblait qu'elle l'eût mis dans un cocon de protection prêt à l'attendre pendant des mois.

# X

Marc Benier ne souhaitait pas particulièrement partager ce dîner entre sa maîtresse et son mari. Il fallut qu'elle usât de diplomatie pour le convaincre de s'y joindre, l'assurant des bonnes dispositions de Maurice à son égard.

Elle organisa donc un repas raffiné qui la mit dans un état d'excitation inhabituel. Elle changea trois fois la nappe parce la couleur ne lui convenait pas, fit de même avec les assiettes et les verres et pour finir fut en retard. Elle entendit sonner quand elle était encore dans sa chambre à s'apprêter. Ce fut donc son mari qui ouvrit. Elle se tint contre la porte entrouverte pour écouter leurs premiers échanges.

- Bonsoir, vous avez trouvé facilement ?

- Oui. Bonsoir. Vous n'êtes pas très loin des Lacaze. Louise m'avait expliqué.

- Entrez, je vous en prie. Elle ne va pas tarder à descendre. Elle s'est affairée devant ses fourneaux pour nous régaler, car vous savez, c'est un fin cordon bleu quand elle a le temps. Suivez-moi, je vous conduis au salon.

Louise n'entendit plus que les modulations des deux voix différentes sans les comprendre. Elle donna quelques coups de brosse énergiques à sa chevelure et secoua la tête pour la laisser reprendre son mouvement habituel. Elle rectifia son rouge à lèvres, allait mettre son parfum, mais elle suspendit son geste et choisit de ne pas en porter. Elle descendit les escaliers aussi calmement qu'elle le put. Elle trouva les deux hommes en conversation animée sur les spécialités de whisky dont tous les deux étaient grands amateurs, mais elle remarqua à sa grande surprise que son époux avait revêtu un smoking, chose qu'il ne faisait que dans les soirées exceptionnelles, et qu'il avait allumé le feu de cheminée.

- Louise, tu es vraiment ravissante.

C'est ainsi qu'il l'accueillit quand elle pénétra dans la pièce. Elle regarda Marc qui lui sourit, tendu, visiblement agacé par le déploiement d'efforts de son mari pour créer une ambiance cordiale. Ce dernier n'était visiblement pas dans son état normal. Sa voix oscillait entre un rire forcé et des intonations graves qui ne lui étaient pas coutumières. Elle le jugea fébrile à la façon dont il servait les verres et la glace, ses mains tremblaient légèrement, il manquait visiblement d'assurance et elle commença à penser que ce dîner était une erreur car tous trois affichaient une apparente sérénité qui masquait mal une grande nervosité.

- Il paraîtrait que vos services établissent actuellement un bilan des effets du V.A. sur la criminalité. Elle serait en baisse ? questionna Maurice Dannaud.

- Nous sommes en train d'établir les premiers bilans. Ils indiqueraient une baisse effective de la criminalité. Les prisons ont provisoirement retrouvé leur calme et l'on enregistre moins d'agressions sauvages dans certains quartiers. Mais attendons. Si cela se confirmait par les statistiques de façon indiscutable, ce serait une belle victoire, rétorqua Marc calmement.

- Sinon ?

- Attendons.

Louise suivait le débat qui s'engageait entre les deux hommes et cherchait la manière de les mettre d'accord. Elle proposa les toasts qu'elle avait préparés.

- Ce V.A. est d'une violence effroyable. Parce que c'est irréparable. C'est ce qui me choque dans le procédé.

- On en a largement discuté, répondit sèchement Marc.

- Le problème est que les produits pharmaceutiques permettent maintenant, en multipliant le nombre d'intermédiaires de produire une violence indirecte, avec des moyens de plus en plus propres. Ainsi personne ne se sent vraiment responsable. Même lorsque l'effet des actes est au plus haut destructeur, les intermédiaires ne se jugent pas brutaux, mais simplement obéissants et fidèles. Tenez, une petite anecdote : vous connaissez le "body count" ? Non ? Eh bien, pendant la guerre du Viêtnam, les Américains enregistraient leurs pertes sur les différents terrains d'opérations militaires et les comparaient au nombre des ennemis tués chaque jour. On décomptait le gibier ! Ils étaient devenus chasseurs d'hommes.

Louise lui lança un regard de désapprobation.

- Excusez-moi, je suis très impoli de vous inviter et de vous soumettre à une agression sur un débat si sensible pour vous. Mais beaucoup d'intellectuels ont été violemment contre cette solution du V.A. et j'en faisais partie.

Mais il est vrai également que l'homme a besoin de solides institutions qui le défendent et vous faites partie de ces institutions indispensables.

Marc ne répondit rien, se contentant de regarder et de faire tourner le glaçon dans la couleur dorée du whisky de son verre.

Louise cherchait une contenance à adopter. Elle ne pouvait déserter le salon en les laissant face à face, d'autant que son mari qui s'était momentanément apaisé, se plongeait maintenant dans un mutisme singulier. Elle prit donc la parole pour leur signifier que le repas était prêt et que dans quelques minutes, ils allaient pouvoir passer à table.

Maurice la regarda avec intensité, comme s'il la découvrait, puis se tournant vers Marc, il déclara :

- Nous aussi, vétérinaires, avons quelques produits expéditifs. Vous voyez cette petite ampoule ?

Il la tendit vers Marc afin qu'il pût juger du volume de l'objet de moins de trois centimètres et qu'il la prît dans ses mains.

- Et bien, ça nous tue un cheval en moins d'une minute.

Marc lui rendit délicatement l'ampoule :

- J'espère que vous ne vous en servez que rarement. Ce doit être impressionnant d'injecter un produit qui vous détruit une bête de la taille d'un cheval en si peu de temps.

Maurice posa l'ampoule sur le plateau. Louise s'exclama :

- Pourquoi te promènes-tu avec une substance pareille ?

Il ne répondit pas à cette question et glissa doucement :

- Si nous passions à table ?

Louise se leva et les deux hommes l'imitèrent. Au moment de passer dans la salle à manger, son mari lui prit les mains, les baisa, se retourna tout aussitôt vers la cheminée :

- Allez-y je vais rajouter une bûche ou deux.

Quand il fut assuré qu'elle et Marc s'installaient, il revint près de la table du salon où il avait laissé l'ampoule mortelle. Il la prit délicatement par les extrémités avec un mouchoir en papier, cassa un des embouts, puis le deuxième en laissant couler le contenu dans son verre à whisky qu'il n'avait pas terminé. Il lança précipitamment dans la cheminée les deux petits embouts et l'ampoule vide, essuya minutieusement ses mains avec un autre mouchoir, puis s'en débarrassa également dans la cheminée. Il jeta alors un rapide coup d'œil circulaire afin de vérifier si tout était bien en place, conforme à ce qu'il avait imaginé, ferma les yeux et vida d'un trait son verre. Il sentit…

Son corps foudroyé tomba d'un bloc sur le tapis.

Choquée par le drame, Louise avait été recueillie par les Lacaze chez lesquels elle termina cette nuit tragique. Elle avait assisté complètement hébétée à la levée du corps de son mari qu'on avait introduit dans un sac en plastique transparent et emmené à la morgue pour l'autopsier. Elle entendait encore le bruit particulier de la fermeture éclair du linceul, remontée d'un geste rapide par un des brancardiers, elle revoyait les yeux fixes de

Maurice, qu'elle appelait, appelait, appelait alors que Marc tentait de la calmer. Il avait fait probablement le nécessaire puisque très vite un médecin était arrivé, puis les Lacaze, puis la police.

De par ses fonctions de ministre, Marc avait été interrogé à part et il avait relaté par le menu détail les circonstances de ce suicide spectaculaire que Louise avait de son côté confirmées en tous points.

Seulement, il y avait ces papiers qu'on avait découverts dans la poche du smoking de Maurice Dannaud qui signalaient des faits troublants. Une plainte enregistrée au commissariat du quartier et remontant à un mois, pour l'effraction de son cabinet pendant la nuit. On avait forcé la pharmacie où il rangeait les produits dangereux et il manquait deux ampoules répertoriées au tableau A des toxiques, contenant le fameux produit qu'il avait ingurgité. Était joint sur une feuille blanche pliée en quatre, le message suivant : "Louise, je t'ai toujours aimée. Quoi qu'il arrive, ne l'oublie pas". Il lui laissait une assurance décès de cinq millions de francs, sans franchise.

Très perturbée, elle ne parvenait pas à assembler le puzzle de façon logique, quelque chose de bizarre s'était glissé dans l'histoire et qui lui échappait.

Mais Marc, qu'aucun sentiment ne liait à Dannaud commençait à comprendre, à mettre en place le scénario possible et machiavélique qu'avait peut-être échafaudé le mari. Dépité par le prochain départ de Louise, il avait probablement décidé de mettre fin à ses jours tout en concevant un plan diabolique qui pût faire croire à un crime orchestré par les deux amants.

Il n'osait encore faire part de ses soupçons à Louise. Il attendait que le choc fût passé. Les Lacaze, que Marc avait mis au courant, lui proposèrent de passer également la nuit chez eux, ce qu'il accepta.

Le lendemain, l'inspecteur Moreau, chargé de l'enquête, sonna dès huit heures au domicile des Lacaze et demanda à voir Madame Dannaud. Elle avait pris des calmants pour dormir et était dans l'incapacité de se lever immédiatement. Ce fut Marc qui le reçut. L'inspecteur eut un petit sourire narquois. Il commençait lui aussi à comprendre l'histoire, mais pas de la même façon que Marc.

- Nous avons procédé à plusieurs vérifications dont celle de l'effraction du cabinet du docteur Dannaud. Vous étiez à l'étranger au moment de l'incident, vous êtes donc disculpé sur ce point, mais on peut toujours payer quelqu'un…

Abasourdi, Marc regarda l'inspecteur. Ce dernier sentit qu'il faisait fausse route. Mais il revint à la charge :

- C'est curieux, quand même, ce suicide où la victime n'a aucune trace du produit toxique sur les doigts.

- Peut-être les a-t-il essuyés ?

- Peut-être, peut-être aussi qu'il n'a pas manipulé lui-même le produit.

- Vous voulez insinuer qu'on lui a fait boire à son insu ?

- Tout est envisageable.

- Pour quelles raisons, voudriez-vous qu'on se débarrasse d'un homme aussi discret ?

- Il laisse une belle assurance à son épouse.

- Elle n'avait pas besoin de cela. Elle a un métier qui la passionne et nous allions vivre ensemble.

Marc maîtrisait difficilement son agacement devant cet individu inélégant, à la limite de la vulgarité. Il portait une épaisse moustache brune qui lui mangeait complètement les lèvres. Deux yeux noirs le scrutaient sans aucune indulgence. L'affaire était probablement d'importance pour qu'il fût là dès huit heures du matin.

- Vous voudrez bien remettre à Madame Dannaud, dès qu'elle sera remise de ses émotions et de ses calmants, cet avis. Nous l'attendons au commissariat. Vous noterez que j'ai quelque égard et la ménage.

Il remit une enveloppe à Marc, le salua et tira derrière lui la porte sans attendre qu'on le fît pour lui.

Marc devint inquiet. Les événements prenaient une tournure fâcheuse, il fallait rapidement trouver un avocat compétent à Louise. Moreau était le genre d'homme, qui, tel un chien de chasse ayant flairé une piste, ne la lâchait plus, et Louise n'était pas de taille à se défendre devant ce genre de personnage malin et tenace.

Elle attendait, assise devant le bureau de l'inspecteur Moreau qui n'avait pas encore ouvert la bouche. Elle se sentait très lasse et jugeait cette situation complètement irréelle. Elle espérait, après avoir répondu à quelques questions, qu'on la laisserait repartir pour organiser les obsèques de son mari.

- Nous avons trouvé des débris d'ampoule dans la cheminée. Ils correspondraient à celles qui contiennent habituellement le produit qui a tué votre mari.

Louise leva légèrement les sourcils en signe d'étonnement et attendit qu'il continuât.

- C'est très ennuyeux pour vous cette absence de produit sur les mains de votre époux. Comment supposer qu'il ait pris lui-même le poison ?

- Je ne sais pas.
- Vous saviez qu'il possédait de tels médicaments ?
- Oui.
- Votre mari connaissait votre relation avec Monsieur Benier ?
- Oui.
- Depuis longtemps ?
- Depuis toujours je suppose.
- C'est-à-dire ?
- Cela remonte à quelques mois.
- Comment avait-il pris la chose ?
- Comme tous les maris. Mal. Mais c'était un homme extrêmement intelligent et délicat qui ne se serait jamais laissé aller à dire des insanités contre moi ou à faire des scènes. Nous étions entre gens bien élevés.

L'inspecteur Moreau la toisa, étonné à son tour. Il resta perplexe et se demanda, si la chose lui arrivait, comment il se conduirait, s'il était capable du même comportement élégant.

- Ah, que c'est classique : le mari, la femme et l'amant ! Vous saviez que votre mari avait contracté une assurance décès à votre nom ?
- Oui, vaguement. Je ne m'en étais jamais préoccupée. Cela remonte à longtemps je suppose.
- Pas tellement, Madame Dannaud, seulement un mois et sans franchise.

Louise demeura sans voix, la bouche ouverte, déconcertée par la révélation. Moreau nota son attitude, lui-même étonné d'avoir déclenché une telle stupeur. Il enchaîna :

- Connaissez-vous des ennemis de votre mari ?

- Non, il ne m'en avait jamais parlé. C'est à peine s'il avait évoqué avec moi l'effraction de son cabinet et j'ignorais le vol des ampoules.

Louise sentit confusément que quelque chose n'allait pas. Toutes ces questions insidieuses et l'attitude de l'inspecteur lui parurent étrangement provocatrices. De victime, elle se voyait au fil des interrogations devenir une coupable évidente pour la justice. Elle baissa la tête, accablée par l'ironie du sort qui la rendait à la fois si libre et si prisonnière. Et Marc, où était Marc ? Elle avait besoin de lui, de ses explications, de son soutien. C'était un cauchemar qu'elle fût là dans ce bureau à la couleur indéfinissable, avec un individu tout aussi incernable qui tentait de lui faire avouer qu'elle avait prémédité la mort de Maurice.

- Madame Dannaud, vous allez rester en garde à vue chez nous, le temps de vérifier quelques points.

- Mais ce n'est pas possible. Je dois m'occuper de l'enterrement de mon mari…

- Cela attendra quelques heures. Là où il est, il ne se réchauffera pas vous savez !

Louise éclata en sanglots, elle était brisée.

# XI

Dans un premier temps, Marc Benier réussit à ce que l'affaire demeurât discrète et ne fût pas étalée dans les journaux. Mais Louise avait été inculpée et demeurait en prison en attendant son jugement qui devait avoir lieu dans le mois.

Il tournait tel un fauve en cage, complètement affolé par l'idée même de l'emprisonnement de sa maîtresse, sachant son innocence qu'il ne cessait de clamer. Il relata maintes fois sa version des faits à l'inspecteur Moreau afin de le convaincre de la perversité du mari et du plan démoniaque que ce dernier avait imaginé afin de faire condamner sa femme.

Si Marc échappait à la prison momentanément, c'est en raison de ses hautes fonctions ministérielles. En revanche, on avait trouvé après perquisition chez les Dannaud, la deuxième ampoule toxique dans un des tiroirs de la commode occupé par le linge de Louise. Il n'avait donc pu s'opposer à son arrestation et se démenait depuis avec force avocats pour faire éclater la vérité.

Anéantie par ce que lui avait révélé Marc, Louise était dans l'incapacité de se battre. Elle encaissait les coups du sort comme un boxeur qui n'avait plus la force de monter ses poings pour se protéger le visage et qui à chaque choc était un peu plus sonné. Il la suppliait pour leur amour de se battre et la rassurait sans cesse. Elle allait bientôt sortir, la vérité serait connue. Cela ne pouvait être autrement.

Mais le procès s'annonçait mal. Marc avait été convoqué par le Président. Il dut remettre sa démission dès les jours suivants, pour raisons personnelles. Le procédé l'irritait au plus haut point, mais avait l'avantage de le laisser complètement libre pour aider Louise à sortir de ce guêpier. N'étant plus protégé par les instances gouvernementales, il ne put rien faire contre le déchaînement médiatique qui s'empara alors de l'affaire.

Pour les jurés, il était évident qu'elle avait organisé cette mise en scène de suicide pour éliminer un mari possessif et trop gênant.

Ses avocats étaient pessimistes quant à l'issue du procès, d'autant que Marc devait témoigner et ne pouvait apporter aucune preuve tangible qui pût sauver sa maîtresse.

Il se trouva tout aussi compromis quand le procès débuta. Allait-on employer le V.A. à l'encontre même de l'ancien ministre, de celui qui l'avait instauré, si sa culpabilité était prouvée ?

Les journaux étalaient à la une la polémique engagée, publiaient les sondages effectués parmi les gens de la rue, et commencèrent à soulever la question de l'application du V.A. aux femmes criminelles. La plupart des personnes étaient favorables pour un châtiment qui fût commun aux femmes comme aux hommes.

C'est alors que Marc, qui sentait que l'affaire lui échappait totalement et que son dénouement serait probablement dramatique pour Louise, décida de la faire évader.

Grâce à des complicités dans la police, il put connaître son prochain transfert et l'avertir du plan qui se montait pour la libérer. Elle devait simplement exiger d'aller aux toilettes avant de pénétrer dans la salle d'audience.

Elle venait de vivre ses dernières semaines dans une hébétude totale, submergée par les événements et dans l'incapacité de prouver son innocence. Maurice Dannaud avait enclenché par la mise en scène de sa mort, celle de sa propre femme, de la manière la plus diabolique qu'il pût trouver.

Le jour du transfert arriva. Louise était relativement calme et confiante dans le message qu'avait pu lui faire parvenir Marc. Dès son arrivée au palais de justice, elle demanda à aller aux toilettes où deux femmes gendarmes l'accompagnèrent. Ensuite, tout se passa très vite. Sous la menace du revolver de deux hommes habillés de la robe d'avocat et cagoulés, elles furent ligotées, bâillonnées après avoir retiré les menottes des poignets de Louise. Cette dernière revêtue rapidement d'une robe d'avocat fut poussée dans un couloir où on lui remit une serviette :

- Vite, courez. Une voiture attend juste dans la rue.

Au moment où elle atteignait la porte pour se retrouver à l'air libre, la sonnerie d'alarme retentit avec une force telle qu'elle crut la porter sur elle. Elle ouvrit la porte et descendit précipitamment les quelques marches qui la menaient dehors. Une voiture partit en trombe, comme si l'alarme qui continuait à résonner bruyamment avait déclenché le passage de vitesse.

Trop tard ! Louise tourna immédiatement à gauche dans le recoin d'un double muret qu'elle aperçut tout de suite. C'était un local à poubelles. Elle parvint à se glisser tout au fond en se blessant les mains, les bras et les jambes. Elle rabattit le dernier couvercle sur elle, ferma les yeux et attendit. Elle entendit des pas précipités qui couraient devant elle, des voix, des altercations et quelqu'un cria :

- Il y avait une voiture blanche qui stationnait et qui a filé à toute allure, plusieurs témoins confirment.

- Bon, c'est cuit. Il faut signaler le véhicule tout de suite. Elle a eu le temps de filer. Vite !

L'événement avait amené journalistes et passants, puis ils s'étaient dispersés ; des heures s'écoulèrent avant que le calme ne revienne dans la rue.

L'obscurité avait envahi petit à petit les lieux, le ciel, les réverbères s'allumaient. Louise allait entreprendre prudemment une sortie quand elle entendit des pas traînants qui se dirigeaient vers son recoin. Elle rabattit la robe d'avocat sur sa tête et se pelotonna dans le tissu noir, accroupie contre le mur. Quelqu'un tirait les poubelles en jurant. C'est alors qu'elle se rendit compte de l'odeur nauséabonde que les boîtes à ordures véhiculaient avec elles. Elle ne s'en était pas aperçue jusque-là, complètement centrée sur l'écoute du moindre bruit en sa direction. Elle attendit que le silence se fît et se releva lentement, les membres engourdis par la position.

La voie paraissait libre. Elle ôta la robe noire et ouvrit la sacoche qui n'avait pas quitté son poignet gauche depuis qu'on la lui avait passée. Elle devina dans son contenu des tablettes de survie, un couteau à cran d'arrêt, une lampe de poche, une pochette d'urgence et une petite boîte ronde étrange en métal pas plus grosse qu'un poudrier. Elle ne comprit pas en quoi pouvait consister l'usage de cet objet et le glissa dans sa poche. Elle chercha vainement un message de Marc, mais il fallait maintenant se presser, quitter ce repaire, en trouver un autre plus discret pour passer la nuit qui s'annonçait si froide. Heureusement, elle avait gardé le parka d'hiver qu'elle avait acheté en compagnie de Marc, un après-midi d'automne où ils avaient volé quelques heures précieuses à leur amour pour flâner.

Le palais de justice se situait à plusieurs heures de l'endroit où elle pensait momentanément se réfugier en attendant que Marc pût la localiser. Elle évaluait la distance à une quarantaine de kilomètres qui devaient absolument être parcourus dans la nuit pour lui éviter d'être découverte.

Sortant prudemment, elle fit quelques pas qui la conduisirent sur un trottoir éclairé et choisit d'avancer tête baissée, en longeant le mur. Après avoir inspiré une grande bouffée d'air froid, elle se mit à marcher d'un pas plus rapide. Un canal traversait une partie de son parcours dans la direction qu'elle avait choisie.

Elle avançait depuis deux heures environ quand la fatigue commença à se faire ressentir. Vu l'heure tardive, elle n'avait croisé que peu de personnes qui ne lui prêtèrent d'ailleurs aucune attention. Quelques mètres plus loin, elle devina un banc, y parvint en peu de temps et s'y laissa tomber.

Elle n'en revenait pas, d'être là, seule dans la nuit, dans cet endroit qui lui parut très symbolique, l'image même de sa vie actuelle : un cours d'eau à moitié couvert par le brouillard et qui cherchait son chemin dans l'obscurité.

Ses chaussures, des mocassins légers, n'étaient pas vraiment adéquates pour entreprendre une marche aussi longue, le froid était parvenu à transpercer les semelles souples et fines. Elle était transie. Elle réalisa qu'elle s'était assise sur le banc humide, sans protection, quand dans le lointain résonna vaguement le vrombissement d'engins motorisés : sans doute des jeunes qui s'attardaient dans la nuit. En prêtant une plus grande attention, les bruits parurent se rapprocher, devinrent même plus perceptibles et elle commença à distinguer des lumières qui grossissaient et convergeaient dans sa direction.

Elle se leva d'un bond, paniquée. Même s'ils ne pouvaient encore l'apercevoir, il valait mieux qu'elle s'enfuît au plus vite. Elle devina sur sa gauche des escaliers qui rejoignaient la route, se mit à courir, se retourna et constata que les motos, au moins deux, étaient toutes proches, à quelques mètres. Soudain, elle se sentit bousculée, on lui arrachait du bras sa sacoche. En atteignant les premières marches, elle reçut un violent coup de pied dans la tête et bascula en avant. Elle continua néanmoins à gravir le reste des marches, le nez et les lèvres ensanglantés. Elle ne parvenait pas à rétablir son équilibre et restait courbée, le souffle coupé par la douleur, mais il lui sembla que les engins s'éloignaient. Elle se traîna jusqu'à l'épaisseur d'un buisson pour s'y dissimuler et parvint à pénétrer dans l'épais fourré constitué de ronces et d'arbustes sans feuille. Elle comptait sur le ciel sans lune pour l'aider à se fondre dans le massif.

Louise resta prostrée plusieurs minutes et puis, se mit d'un coup à pleurer tout son soûl. Quand elle eut fini d'évacuer la tension contenue en elle, elle se calma, soulagée par ce laisser-aller de sanglots qui emportait avec lui une partie de l'épuisement moral de plusieurs mois ; elle se remémora une fable : deux petites souris étaient tombées dans un pot de lait durant leurs pérégrinations nocturnes. L'une, se mit immédiatement à crier au secours, tant et si bien qu'elle ingurgita trop de lait et se noya. La seconde, serra les dents et nagea en silence toute la nuit. Au petit matin, exténuée mais vivante, elle se retrouva sur une motte de beurre, put sortir du bocal et se sauva.

Avec un mouchoir, Louise essuya comme elle put son visage et décida d'entreprendre sans plus s'arrêter la deuxième partie de son parcours. Il fallait qu'elle arrive avant le lever du jour. Mettant machinalement les mains dans les poches parce que le froid se faisait mordant, elle sentit le contact de la petite boîte métallique qu'elle y avait glissée. Elle tâta l'objet, intriguée de n'avoir toujours pas réussi à identifier son utilité.

Dès lors, elle commença à faire travailler son imagination tout en accélérant le pas. C'était le meilleur moyen d'oublier les circonstances dramatiques de cette marche forcée de plusieurs heures. Elle avait besoin d'un moral de vainqueur, de conquérant pour triompher de tous ces obstacles qui se dressaient les uns après les autres sur sa route.

Ce conditionnement suffit pour lui éviter de penser à son sort. À chaque fois qu'elle sentait sa foulée rétrécir, elle se motivait en s'interpellant :

- Avance, tu n'as pas le choix. Tu te reposeras après. Marc t'attend. Il ne peut compter que sur toi. Avance !

Et cela était suffisamment persuasif pour la déterminer à avancer.

Bientôt, elle se retrouva dans des rues plus passantes. Sa silhouette surgit dans les phares de quelques véhicules qui la doublèrent en klaxonnant. C'était si singulier une femme seule, se hasardant dans la nuit. "Sûrement une paumée".

Louise finit par arriver dans le secteur qu'elle redoutait. C'était un no man's land sordide, cerné d'immeubles désaffectés dont les abords étaient interdits à la circulation.

- Allez, lance-toi, tu vas passer. Il fait froid, il n'y aura personne à cette heure pour t'agresser.

Tel un chat, elle se faufila entre les gravats et détritus en tout genre qui jonchaient ces anciennes rues, faisant son pas le plus léger possible. Soudain, elle entendit des bruits insolites juste sur ses arrières. Elle se plaqua contre un mur et attendit. Au bout d'un instant, elle perçut une sensation étrange sur ses pieds et le long de ses jambes. Elle se dégagea vivement en hurlant. C'étaient des rats, des rats qui se regroupaient autour d'elle. Elle bondit comme si elle avait été mordue par l'un d'eux, enjamba un monticule d'immondices et détala à une vitesse dont elle ne se croyait pas capable après tant de kilomètres de marche.

Après une course éperdue dans un dédale de rues sans nom, elle se retrouva devant la porte du centre

Assistance Secours. Elle était parvenue à destination. Elle savait que là, tous les pauvres bougres qu'elle avait aidés dans le vécu de leur châtiment et leur misère, ne la dénonceraient pas, et qu'elle serait momentanément en sécurité.

Elle se dirigea vers un des immeubles proches qu'elle avait contribué à aménager. De la lumière filtrait sous une porte au fond du couloir, elle frappa, répéta son geste, personne ne répondait, puis elle perçut des bruits, quelqu'un approchait en marmonnant.

Le matricule 1728 ouvrit, stupéfait par la présence de Louise. Elle s'était laissée glisser à terre, complètement harassée et n'avait plus la force de bouger. Alors M1728 réveilla deux de ses comparses qui l'aidèrent à la tirer à l'intérieur jusqu'à un épais tapis effrangé et pouilleux. L'un deux jeta une couverture sur son corps qui s'était spontanément recroquevillé sur le côté comme un fœtus ; elle dormait déjà.

Ils la regardèrent un moment, intrigués et déconcertés par sa présence parmi eux. Ils remarquèrent les cheveux collés par la sueur et le sang sur le visage, le cou, les mains griffées et les chaussures complètement éclatées aux coutures. Elle devait avoir accompli une sacrée course.

Ce n'est qu'en fin d'après-midi qu'elle émergea de son sommeil. Elle avait dormi quatorze heures d'une seule traite. Dès son réveil, elle parvint à reconstituer les péripéties de la veille et sa marche jusqu'ici. La pièce était faiblement éclairée, elle s'assit et devina des gens à quelques mètres d'elle.

- Eh bien, ma petite dame, on peut dire que quand vous vous endormez, au moins, c'est pour de bon !

La bouche sèche, se sentant légèrement fiévreuse et sale, elle ne répondit rien momentanément. Une des personnes s'approcha d'elle et lui tendit un bol d'où s'évaporait une odeur de café. Elle ferma les yeux et s'accorda quelques minutes de récupération pour réajuster son équilibre chancelant.

Elle aurait voulu se laver, se débarrasser de toute la poisse qui lui collait à la peau. À nouveau, elle tenta de se lever et réussit à aller jusqu'à la porte. Elle demanda un point d'eau qu'ils lui indiquèrent dans une pièce du rez-de-chaussée où elle se rendit. Elle y découvrit des bassines en plastique, elle prit la plus grande et la remplit. Une fois déshabillée, elle se lava méthodiquement avec des restes de savon qui traînaient au fond d'une boîte, s'essuya avec son chemisier de coton qu'elle mit de côté et se rhabilla. Plusieurs fois, elle se savonna le visage et les mains, se rinça et recommença l'opération. Elle aurait voulu muer, laisser au fond de la cuvette la peau de cette Louise prisonnière, traquée et blessée.

## XII

Marc avait été aussitôt interpellé par la police après l'évasion singulière de sa maîtresse. Mais comme il était lui-même sur le chemin du palais de justice avec ses avocats au moment des faits, il fut immédiatement disculpé, sa complicité ne pouvant être établie.

Ne sachant où Louise s'était réfugiée, il attendait, anxieux. Il avait été décidé que, quelle que fût l'issue de l'évasion, ses complices une fois payés, ne pourraient plus entrer en contact avec ce mystérieux commanditaire dont ils ignoraient l'identité.

Marc vivait les heures les plus tourmentées de son existence. Même la décision de pratiquer le V.A. qui fut difficile et stressante, n'avait pas provoqué une telle angoisse, lui semblait-il. Il mesura alors son attachement à Louise.

Cette dernière avait rejoint les vieux dans la pièce du premier étage. L'odeur nauséabonde qui y régnait l'incommoda immédiatement, mais elle ne savait où aller.

Ils avaient allumé des bougies autour d'un appareil de chauffage qu'elle ne connaissait pas et qui dégageait une chaleur suffisante, car elle ne jugea pas nécessaire de remettre sa veste qu'elle portait sur son bras. Ils se regroupèrent pour l'inviter à prendre place à côté d'eux. Après un temps d'hésitation, elle les rejoignit. Un silence gênant s'installa et elle comprit qu'ils attendaient quelques explications sur sa venue parmi eux.

- Je suis accusée d'un meurtre que je n'ai pas commis. J'ai besoin d'être cachée le temps de prouver mon innocence.

Ils ne répondirent rien. Tous avaient vécu des histoires de crimes, d'assassinats où ils avaient tenté de se disculper pour échapper à la punition des hommes. Ils connaissaient le scénario. Ils choisirent de ne pas lui poser de question.

Le groupe se dispersa et chacun rejoignit l'espace de repos personnel qu'il s'était aménagé. Louise choisit de rester encore un moment près du feu. L'odeur de la pièce s'était faite plus familière à ses narines. Elle perçut des pas dans le couloir, des voix, des portes qui s'ouvraient et se refermaient. D'autres individus s'installaient pour la nuit.

Dans la poche de sa veste, elle retrouva la petite boîte ronde en métal. Elle l'observa attentivement. En glissant les doigts sur les côtés, elle réussit à l'ouvrir. L'intérieur était composé d'un étrange cadran qui ressemblait vaguement à une carte et un bouton rouge se situait en son milieu. Elle détailla minutieusement ce qui ressemblait apparemment à un plan et commença à comprendre. Peut-être était-ce un genre de boussole qui permettait également de la localiser ? Elle appuya son index sur le bouton, une aiguille qu'elle n'avait pas remarquée d'abord se mit à osciller. Elle garda avec précaution la boîte dans sa main.

À l'autre bout de la ville, Marc était à son bureau. Il n'attendait que ce signal pour bouger.

- Elle est vivante ! Elle a compris.

Des larmes lui vinrent aux yeux. Troublé par cet aveu de joie, il eut soudain envie de rire et de croire encore à leur histoire : elle allait se poursuivre, telle qu'il l'avait toujours imaginée, sereine, chaleureuse et si douce, comme Louise. Maintenant, il fallait agir avec finesse et ne pas se laisser pister par la police.

Il avait préparé une panoplie complète de déguisement. Rien n'y manquait : ni la perruque brune et abondante, alors qu'il était châtain et le cheveu court, ni la moustache et les favoris qui l'accompagnaient. Ainsi transformé, il attendit la nuit pour sortir à pied par le parking de sa résidence. Certain de ne pas être suivi, il héla un taxi et se fit conduire dans le secteur signalé par le cadran. Le taxi refusa de s'engager dans l'avenue interdite à la circulation malgré la somme proposée par Marc. Alors ce dernier descendit, et regarda s'éloigner l'automobile, inquiet. Il eut la sensation très désagréable d'un piège qui se refermait sur lui.

Il avança dans l'ancienne rue où Louise avait couru à perdre haleine, affolée par les rats qui l'avaient frôlée.

Elle avait tiré jusqu'à elle la couverture qu'on lui avait donnée et après s'être enveloppée dans la protection de sa laine, elle s'était laissée glisser sur le sol en mettant son parka sous la tête en guise d'oreiller, devant l'appareil de chauffage.

Bientôt elle n'entendit plus les ronflements, les toux rauques et éraillées de ses congénères et s'abandonna à l'immobilité du sommeil.

Marc poursuivait sa progression dans ce territoire inconnu et cauchemardesque. Il pressentait Louise toute proche, à peut-être trois cents mètres, les aiguilles de son appareil l'indiquaient. Son excitation était extrême, il allumait par intermittence le cadran pour mieux le lire et c'est ainsi qu'il fut repéré. Quatre individus surgirent devant lui alors qu'il traversait une rue encombrée de carcasses d'autos. En quelques instants, il fut cerné et dans l'impossibilité de fuir, il reçut en plein ventre un coup violent porté avec un objet métallique qui le fit se plier, puis un autre sur la nuque. Il vacilla et s'écroula. Ses agresseurs le délestèrent de son manteau, vidèrent ses poches et se retirèrent quand ils estimèrent qu'il n'y avait rien d'autre à tirer de cette proie facile.

Au petit matin, il gisait toujours face contre sol dans la rue. Deux V.A. l'aperçurent, s'approchèrent avec méfiance et constatèrent qu'il était apparemment vivant. Ils le tirèrent avec difficulté par les bras pour l'adosser contre un mur. Le froid l'avait tétanisé.

Marc marmonna vaguement quelques paroles que les deux vieux ne comprirent pas.

- L'équipe d'Assistance Secours vient à midi. Elle va te tirer de là, à moins que tu aies quelque chose à te reprocher, car ici, ce n'est pas spécialement fréquenté par d'innocents citoyens.

Sachant que les bénévoles passeraient dans la matinée, les deux hommes s'éloignèrent pour rejoindre leur repaire.

En descendant les escaliers, Louise les croisa et remarqua aussitôt que l'un tenait dans sa main un objet semblable au sien. Elle s'arrêta net :

- Où avez-vous trouvé cette boîte? demanda-t-elle, soudain très agitée.

L'autre serra ses mains autour de l'objet et répondit :

- Dans la rue.

- Où ça? cria-t-elle

Devant son état d'excitation, il avoua :

- Y'a un type allongé en bas qui est bizarre. Il portait une perruque et n'est pas de chez nous.

Elle dévala les quelques marches qui restaient et fut aussitôt projetée dans la lumière blanche de ce matin d'hiver. Aussi loin qu'elle put, elle scruta la rue, ne vit pas Marc immédiatement, puis, l'aperçut, essayant de se relever.

Elle courut vers lui, mais à mesure qu'elle approchait, elle ne reconnut pas tout à fait son visage, même si la silhouette chancelante semblait bien la sienne. Alors elle devina le déguisement. Elle l'appela, il se tourna vers elle. En un instant ils furent dans les bras l'un de l'autre dans l'étreinte la plus émue qu'ils n'eussent jamais connue.

Pour monter les escaliers, elle dut l'aider et l'introduisit dans la pièce dont tous les occupants étaient maintenant levés. Ils les accueillirent sans sympathie et leur signifièrent que cela ne pouvait être que provisoire, pour une nuit, tout au plus. Ils étaient suffisamment nombreux.

Louise, ulcérée, rétorqua :

- On ne vous dérangera pas longtemps.

Elle assit Marc près du chauffage, lui jeta sa couverture sur les épaules et redescendit chercher une cuvette d'eau. Elle entreprit de lui nettoyer le visage et les mains. Elle retira la moustache. Il voulait parler, lui raconter comment il était parvenu jusqu'ici, lui poser des questions, mais sa vue se troublait par intermittence et il fut pris de violents maux de tête.

- Repose-toi. On parlera et avisera après.

Elle lui servit un peu de café chaud, lui posa la tête délicatement sur son parka et le laissa somnoler, en lui tenant les mains.

Le matricule 1728 qui était demeuré près de la fenêtre les observait, il s'approcha de Marc assoupi et le dévisagea :

- Je le connais ce type !

Louise ne répondit pas, préoccupé par le coup qu'avait encaissé Marc sur la nuque. M1728 restait là, planté, cherchant dans sa mémoire des indices qui pussent l'aider à retrouver le nom de l'homme étendu. À la façon concentrée dont il examinait les détails du visage de Marc, c'était apparemment une réminiscence importante qui semblait le contrarier de ne pas plus vite récupérer dans ses souvenirs. Et soudain, il s'exclama :

- C'est lui. Benier, Marc Benier. L'enfoiré qui a décidé du V.A. Eh les gars, venez vite. Il y a quelqu'un ici qui va vous intéresser.

Louise jeta un rapide coup d'œil circulaire dans la pièce qui s'était vidée de ses occupants. Vite, il fallait partir avant que les autres ne fussent avertis. Marc avait ouvert les yeux et se redressait pendant que le matricule 1728, la bouche tout à coup tordue par la haine, vociférant toutes les insanités de sa connaissance, lui donnait des coups de pied dans les flancs. S'étant relevée d'un bond, Louise le poussa violemment. Il tomba lourdement sur le sol sans cesser de crier. Un bras passé sur les épaules de Louise pour s'appuyer, Marc et elle redescendirent les escaliers sans rencontrer personne.

À l'extérieur, ils longèrent un haut mur et entrèrent dans une arrière-cour. Le plan de Louise consistait à attendre que vînt le véhicule d'*Assistance Secours* dont le conducteur laissait toujours les clefs sur le contact, car personne, ici, n'était en état de conduire, ni n'aurait su où aller. Ils monteraient discrètement dans la camionnette et fuiraient ce cauchemar interminable.

Ils se blottirent l'un contre l'autre. Louise l'embrassait sur les tempes, les joues, le front, les lèvres et lui serrait les mains. Marc aurait tant voulu l'étreindre pour la rassurer. Ils restèrent dans l'attente de l'arrivée du véhicule encore une bonne heure. Enfin, le ronronnement d'un moteur à l'allure régulière se fit entendre. L'auto passa devant la cour où ils s'étaient réfugiés et s'arrêta quelques centaines de mètres plus loin, devant la porte du foyer, en klaxonnant pour avertir de son arrivée. Venant des deux côtés de la rue, des silhouettes hésitantes, rejoignirent petit à petit le véhicule et pénétrèrent dans le centre.

Louise patienta encore un moment et quand elle fut assurée de parvenir sans encombre jusqu'à l'auto, elle dit à Marc :

- Je vais chercher le véhicule. Dès que tu l'entends se rapprocher, tu sors pour monter, je t'aiderai. Tu es trop faible pour marcher aussi loin.

Elle l'embrassa aussi tendrement qu'elle le pût et lui murmura :

- Je t'aime… on va réussir.

Elle courut jusqu'à la camionnette dont elle ouvrit la portière conducteur, se hissa sur le siège : la clef était bien sur le contact, elle la tourna, le moteur se mit en marche et elle démarra aussitôt. Elle aperçut Marc qui sortait de la cachette et en même temps, une autre silhouette qui arrivait derrière lui en gesticulant ; elle freina brutalement à la hauteur de Marc, ouvrit la portière en se penchant, lui prit la main qu'il tendait et le tira de toutes ses forces à l'intérieur.

- Vite, vite, Marc, monte.

Mais il n'y parvenait pas. Se rapprochant elle reconnut le matricule 1728 muni d'une barre de fer qu'il lança aussi violemment qu'il pût contre le véhicule. Louise, affolée ne lâchait pas la main de Marc, mais le vieux s'était maintenant agrippé à lui et tenait bon.

Ameutés par ces bruits inhabituels, les pensionnaires sortirent du centre et assistèrent, médusés à la scène.

La main de Marc glissa de celle de Louise et les corps des deux hommes roulèrent dans la rue. Louise accéléra et commença quelques mètres plus loin un demi-tour. Elle ne maîtrisait plus la situation. Marc était étendu au sol mais le vieux se relevait déjà et reprenait sa barre de fer. Alors elle appuya sur l'accélérateur et se dirigea droit sur lui. Elle le percuta sur le côté. Le choc le souleva du sol, il retomba tel un pantin désarticulé. Le véhicule stoppé, elle descendit et se précipita sur Marc qui se relevait difficilement. Les témoins commencèrent à s'approcher du vieux qui ne bougeait plus, puis s'avancèrent vers Louise. Deux bénévoles la reconnurent immédiatement :

- Madame Dannaud ?

Elle leva vers eux un visage rempli de larmes de désespoir et serrait de toutes ses forces les mains de l'homme pour qui elle était devenue à l'instant meurtrière.

- L'homme qui est avec vous, c'est Marc Benier ?

L'un des V.A. enregistra l'identité de Marc et s'écria :

- C'est pas vrai ! Cet enfant de salaud est venu jusque-là nous narguer ! Toi, et ta putain de bonne femme tu vas voir comme on va vous faire vieillir en un rien de temps.

Les bénévoles du centre comprirent immédiatement que la situation allait dégénérer dans la violence la plus extrême et que le couple courait le risque d'être lynché. Déjà des crachats et des projectiles en tout genre leur étaient projetés, ils les aidèrent à se réfugier dans la cour du centre et en barricadèrent la porte avec les différents bancs et tables qui s'y trouvaient. L'alerte fut donnée, mais en attendant que les secours ne leur parviennent, il fallait tenir et, à l'extérieur, la meute de V.A., déchaînée par la présence de Marc commençait à défoncer l'entrée.

Soudain, le vrombissement d'un moteur qui se rapprochait à vive allure recouvrit les voix hurlantes. Interrogatifs et troublés, les bénévoles, Marc et Louise se regardèrent. Ils comprirent dans l'instant : les VA. allaient enfoncer la porte d'entrée avec la camionnette toujours opérationnelle et dont le moteur n'avait cessé de tourner.

- Il faut se réfugier sur les toits, cria Louise, ils vont tous nous tuer.

Un rapide coup d'œil sur les fenêtres permit de repérer un accès praticable sur l'une d'elle. Ils dirigèrent aussitôt leur fuite vers cette issue possible. Marc tenant fermement Louise par un bras, ordonna :

- Elle passe la première.

Devant l'injonction, elle escalada la bordure de la fenêtre avant de parvenir à se hisser sur la partie supérieure grâce aux restes de piquets métalliques fichés dans la pierre. Après, le mur défoncé du bâtiment offrait de multiples prises accessibles où mains et pieds trouvèrent à prendre appui pour gagner la paroi.

Quand Louise atteignit la terrasse, elle se retourna immédiatement, anxieuse de savoir si les autres suivaient. Elle vit deux mains s'agripper à la bordure de la terrasse, tira sur les deux bras qui apparaissaient pour en soutenir l'effort, mais ce n'était pas Marc. Elle l'aperçut plus bas, il était l'avant-dernier à entreprendre l'escalade. C'est alors que la porte de la cour explosa sous la butée du pare-chocs du véhicule d'assistance, mais l'engin trop large, resta coincé dans l'ouverture béante qu'il venait de pratiquer. Le moteur accéléra, le fourgon fit une embardée, se calma et entreprit une marche arrière rapide pour dégager l'entrée.

- Vite, Marc, vite, ils arrivent !

Dès que le véhicule eut reculé de quelques mètres, plusieurs V.A. firent leur entrée dans la cour.

Marc, qui n'était parvenu pour l'instant qu'au niveau des piquets métalliques, avait du mal à enchaîner ses mouvements plus rapidement ; les blessures de la veille avaient douloureusement meurtri son corps qui ne répondait que difficilement aux efforts maintenant nécessaires.

Alors Louise, assista, terrorisée au spectacle hallucinant que lui offrait la cohorte grossissante des V.A., galvanisée par l'éminence du règlement de compte avec celui qui avait précipité le déroulement de leur histoire. C'était un mauvais film.

Tous ces corps cassés, entravés par les maux d'une vieillesse prématurée, tous ces visages à peine ridés mais défaits et ces regards qu'elle devinait haineux, lui parurent abominables et infernaux.

Munis de pierres, trois d'entre eux entourèrent rapidement le dernier bénévole qui n'avait pu encore amorcer son escalade et lui assénèrent un violent coup sur le visage. Il tomba de tout son long et le sang gicla aussitôt sur le sol ; ils ne s'acharnèrent pas sur le corps tombé, mais sur celui de Marc qui n'avait pu atteindre la limite qui le mettait hors de portée. La douleur de l'impact de plusieurs jets de pierre le figea dans son ascension. Tétanisée par la vision dantesque de la scène qui se déroulait sous ses yeux, Louise entendit :

- Il faut tirer !

Elle tourna vivement la tête en direction des voix et aperçut les deux autres bénévoles sortirent précipitamment chacun une arme de l'intérieur de leur vêtement et la pointer sur les V.A., maintenant tous regroupés au pied du mur dans l'attente frénétique du lynchage de Marc.

Deux coups de feu partirent et l'attroupement s'arrêta net dans le déchaînement de sa furie. Les V.A. distinguèrent les deux hommes armés les dominant du haut du mur alors que les battements des hélices d'un hélicoptère se faisaient dans le même temps entendre. Ils comprirent que le règlement de compte n'aurait pas lieu et s'éparpillèrent aussitôt.

Quelques instants plus tard les rescapés étaient évacués. Les V.A. attendirent prudemment le décollage de l'appareil avant de s'extraire des caches où ils s'étaient embusqués momentanément.

Ils ne ressentaient plus qu'un atroce épuisement qui les brisait plus violemment que n'importe quelle arme.

Dépouillés de tout, jamais dénuement ne leur parut plus grand.

# XIII

Remise en prison, Louise regardait s'écouler les heures, les jours et ne cessait de songer à Marc et à leur effroyable drame. Peu de nouvelles lui parvenaient. Elle savait simplement qu'il avait été hospitalisé, qu'il allait mieux et sortirait bientôt.

Le procès était prévu pour le mois suivant et les médias, passionnés par leur aventure, réclamaient le détail de toutes les péripéties de leur histoire. Il lui fut même proposé une somme importante pour la relater elle-même.

Sa silhouette s'était légèrement voûtée, fatiguée par les nuits sans sommeil qui se succédaient et ses yeux ne pétillaient plus des petites étoiles de malice que Marc aimait tant.

Quand le désespoir se faisait trop lourd, elle s'abandonnait à tous les souvenirs qui la reliaient à lui. Elle avait passionnément chéri cet amour spontané dans lequel elle s'était donnée et abîmée sans aucune résistance. Quoi que lui réservât désormais la vie, elle convint qu'elle avait vécu des heures flamboyantes, rares, et que beaucoup traversaient l'existence sans connaître, ne serait-ce qu'une fois, l'intensité de ces moments exceptionnels qui l'avaient tant fait vibrer d'émotion.

Le débat sur le V.A. pour les femmes reprit.

« Le comité d'Éthique » et celui de « Réflexion et Société » travaillèrent ensemble sur le problème.

Toutes les réflexions philosophiques furent à nouveau abordées et débattues dans un climat extrêmement passionnel.

Que ferait-on en cas de grossesse chez une condamnée?

La réponse fusa du clan des partisans du V.A. Les cas étaient trop rares pour que la loi ne fût pas généralisée. La justice devait être égale pour tous.

Le décret fut donc pris : les femmes subiraient désormais, comme les hommes, les peines du V.A.

À l'issue du procès, Louise fut jugée coupable de deux meurtres. On lui reconnut des circonstances atténuantes pour le second, ses avocats plaidèrent même la légitime défense; le matricule 1728 tué, menaçait Marc avec une barre de fer : Louise était intervenue pour le sauver. Mais la mort de Maurice Dannaud parut particulièrement ignominieuse. Le jury fut convaincu de la culpabilité de Louise. Ce ne pouvait être qu'elle l'assassin, elle qui avait organisé cette mise en scène. Une deuxième ampoule de poison avait été, de surcroît, découverte dans ses propres affaires.

On ne vit dans Louise qu'une femme adultère, pressée de se débarrasser d'un mari trop présent.

Elle fut donc condamnée à la peine maximale : trente ans. Elle était effective dans un délai de trois jours et sans appel.

Marc, jugé pour complicité d'évasion, écopa d'un V.A. de cinq ans.

Anéantie par le verdict, Louise resta figée dans le box des accusés, puis elle se leva lentement et d'une voix faible déclara : - Je n'ai pas tué mon mari. J'ai seulement aimé un autre homme que je voulais suivre.

Son portrait fut diffusé dans les journaux de tous les pays, sur tous les écrans, car ce châtiment exemplaire était le premier du genre, osé sur une femme. Comme elle avait un beau visage, les journalistes s'acharnèrent à fabriquer sur ordinateur la physionomie vieillie de trente années qui serait la sienne dans quelques heures.

En songeant au sort de Louise, Marc sombra dans un abattement total. Pierre et Manon Lacaze lui firent savoir qu'ils seraient là, à sa sortie de prison, comme pour celle de Louise et qu'ils les accueilleraient. Ils avaient toujours été convaincus de l'innocence de Louise.

# XIV

En grand secret, Pierre Lacaze était parvenu à transmettre à Louise un protocole médicamenteux auquel il travaillait depuis plusieurs mois, afin d'atténuer les effets secondaires du V.A. C'était encore à titre expérimental et elle l'accepta.

Mais à son réveil, après l'injection du V.A., elle resta prostrée. On l'avait prévenue de toutes les conséquences du V.A. sur son corps. Elle refusa de constater les dégâts sur sa peau, ne voulut ni miroir, ni laisser s'approcher Marc.

Il la supplia de le laisser venir. Devant son refus tenace, il décida de lui écrire, de lui crier son amour. Louise relut des dizaines de fois la missive qu'il lui adressa, confectionna une petite poche en tissu avec un cordon, glissa la lettre à l'intérieur et la mit autour de son cou. Elle la porterait toujours contre sa poitrine.

Il entreprit alors une longue attente devant la prison d'où elle devait partir dans les jours suivants.

La presse, les télévisions guettaient également sa sortie dans le sordide espoir de voler quelque image qui constaterait la terrible sanction.

Louise obtint l'autorisation de quitter le lieu par une porte discrète à une heure inhabituelle de libération. Elle portait maintenant des lunettes ; Manon lui avait fait parvenir des vêtements et elle se prépara minutieusement. Elle savait que Marc passait des heures assis derrière une table de café en face de l'établissement pénitentiaire à guetter la moindre animation qui pouvait signaler son prochain départ.

Lentement, en fermant les yeux de peur d'apercevoir ce corps qu'elle refusait comme le sien métamorphosé par cette vieillesse hâtive, elle s'habilla et recouvrit ses cheveux devenus gris d'un foulard banal. Enveloppée dans un imperméable beige elle ressemblait ainsi à n'importe quelle ménagère entre deux âges qui n'a plus comme projet que l'organisation sage et minutieuse de journées toutes semblables, vouées au bon déroulement d'une vie de famille rangée et tranquille.

La porte de la prison se referma derrière elle juste dans le bruit de ses serrures automatiques. Voilà, elle était sur le bord de la rue, sur le bord d'une nouvelle vie. Elle avait en tête une idée précise qui pouvait engager son histoire avec Marc sur deux vies possibles. Une lancinante douleur au ventre lui signifiait la gravité de cette décision.

D'un pas mal assuré, elle avança sur le trottoir et se dirigea vers le café. Elle eut un geste d'hésitation avant d'appuyer sur la poignée de l'entrée et puis pénétra, le regard dirigé immédiatement vers le comptoir. Le patron la salua, elle lui répondit par un maladroit sourire et vint s'asseoir à la table juste placée derrière celle de Marc qui n'avait rien manifesté de particulier à son arrivée. Elle commanda dans un chuchotement un café. Elle n'avait plus ni voix, ni souffle, sa poitrine n'était plus qu'une lourde tenaille qui s'ouvrait et se refermait à un rythme précipité et irrégulier.

La nuque de Marc lui était offerte. Une nuque qu'elle avait maintes fois caressée et embrassée qu'elle aurait voulu toucher encore une fois, une dernière fois. Marc bougea légèrement sur son siège, comme si le regard de Louise avait fini par réellement le frôler. Il se retourna. Déconcertée, Louise plongea ses yeux vers la tasse de café, tira nerveusement le foulard sur ses joues, sortit de la monnaie de son sac, se leva. Quand elle passa près de lui, elle glissa sa main furtivement sur le dossier. Il était à nouveau concentré dans l'observation de la rue et n'avait pu reconnaître dans cette silhouette déguisée le corps de la femme qu'il aimait.

C'était fini. Louise se retirait discrètement de sa vie dans un douloureux anonymat. D'un coup, elle prit toute la mesure de la sanction des trente ans de V.A. On lui avait confisqué la part la plus intense de son histoire.

C'est ainsi qu'elle choisit de disparaître de la vie de tous ceux qui l'avaient connue et que Marc, chaque jour, continua d'espérer la retrouver.

# XV

Les habitants du village de montagne où elle s'était réfugiée, s'habituèrent très vite à la présence de cette dame à l'âge indéfinissable qui passait beaucoup de temps dans son jardin à la belle saison pour le cultiver ou pour lire.

Elle portait ses cheveux gris en un élégant chignon relevé et ne cessait de s'enduire les mains et les bras de crèmes hydratantes afin de recouvrer la souplesse perdue de sa peau.

Pour les enfants du village, elle organisait des séances de lecture et les aidait à découvrir l'enchantement de savoir décrypter tous ces petits signes étranges tracés sur une page de livre, qui vous menaient si loin, soit dans l'imaginaire d'autres personnes soit dans leurs réflexions.

C'était une merveilleuse communication dans le silence qui vous apprenait des milliers de choses disparues ou à venir.

Une année entière s'écoula.

Elle semblait avoir trouvé un semblant d'équilibre dans cette apparente paix et commença à se faire connaître sous une autre identité :

Françoise Perrin, lectrice professionnelle.

Elle parcourait les écoles, les maisons de retraite, les collèges et lycées, les hôpitaux, dévoilant ou faisant goûter la qualité d'un beau texte, la sensibilité ou l'érudition d'auteurs appréciés ou moins connus.

Sa voix n'avait pas changé et c'était une voix harmonieuse au timbre bien posé et mesuré qui donnait vie à toutes ces lignes lues, remplies d'émotion qu'elle faisait partager.

La santé de Marc s'était détériorée et son glaucome exigeait une opération rapide. Il la refusa. C'était le châtiment qu'il s'infligeait : ne pas constater les dégradations du V.A. sur tous les individus qui y avaient été condamnés, dont Louise, Louise qui, probablement se cachait, meurtrie, tailladée par cette injuste et atroce condamnation.

Petit à petit, il devint aveugle et ni Pierre Lacaze ni Manon ne parvinrent à le faire revenir sur sa décision. Il prépara son appartement pour y vivre désormais avec ce handicap et décida de consacrer dorénavant sa vie aux jeunes en difficulté.

Une nouvelle année s'écoula.

Une fois par semaine, il prit l'habitude de se rendre dans un foyer pour aveugles afin d'y choisir des disquettes d'enregistrement de livres.

Il demanda « L'amour au temps du Choléra » de Gabriel Garcia Marquez. Il avait aimé autrefois cette écriture baroque, aux phrases généreuses et la ténacité du héros dont l'existence entière fut consacrée à attendre celle qu'il avait toujours désirée.

Quand il eut entendu les premières phrases, une émotion indescriptible s'empara de lui. Ses lèvres se mirent à trembler et il ne parvint pas à contenir le trouble indicible qui le submergea :

- C'était la voix de Louise.

À partir de cet instant, il ne cessa de collectionner toutes les disquettes qu'une certaine Françoise Perrin avait enregistrées. Il reconnaissait toutes les inflexions, toutes les intonations, tous les graves de la voix de Louise. Alors, un prodigieux espoir se mit à l'habiter. Il était persuadé maintenant de la retrouver et des circonstances particulières allaient effectivement l'aider.

Par son notaire, Louise fit vendre sa maison de Saint-Germain en Laye et c'est ainsi que Manon Lacaze sut fortuitement son adresse, et put entrer en contact avec elle.

Elle eut du mal à contenir son émotion devant la transformation brutale de Louise lorsqu'elle la revit dans son village. Elle avait conservé sa silhouette élancée, mais la souplesse en avait disparu. Quelque chose aussi était brisé dans son regard, quelque chose d'indéfinissable qui vous troublait quand on s'y attardait.

Elles échangèrent des nouvelles de proches que Louise avait aimés ou appréciés, puis cette dernière demanda doucement :

- Que devient Marc ?

- Il t'attend Louise, il t'attend toujours. Il a besoin de toi.

- C'est une femme jeune et jolie qu'il a aimée et regarde Manon ce que je suis devenue. Je ne pourrai affronter son regard sur moi désormais.

- Il n'a plus de regard Louise, il est aveugle. Il a refusé de faire opérer son glaucome. C'est la pire condamnation qu'il pouvait s'imposer.

Profondément bouleversée, Louise ne savait plus soudain comment se comporter. Elle avait étouffé, refoulé depuis sa sortie de prison tous les espoirs de vivre avec Marc. Bien des nuits sa mémoire lui avait reconstruit ses souvenirs préférés et elle y puisait désespérément le courage de poursuivre sa vie brisée. C'était essentiellement la réminiscence des moments heureux avec lui qui lui permettait de tenir.

Alors, elle accepta de suivre Manon. Deux jours plus tard, elle était chez les Lacaze. Son amie la conduisit au bout du couloir, dans le jardin, là, où un soir d'été, revêtue d'une élégante robe noire, elle guettait, nerveuse, l'arrivée de Marc. C'est probablement à ce moment-là, que Maurice perçut ce qui se nouait entre elle et Marc. Elle descendit prudemment les marches, comme si elle s'apprêtait à passer dans une autre dimension, dans un espace où le temps allait être aboli, ou seuls les liens dangereux qui les avaient un temps unis seraient enfin reconnus.

Elle l'aperçut de dos, assis dans un fauteuil d'osier. En s'approchant, elle observa sa nuque, c'était la même dernière image qu'elle avait emportée de lui voici deux ans. Ce fut lui, le premier, qui parla.

- Louise ?

- Oui.

Elle vit ses mains trembler légèrement et un sourire se dessiner sur son visage vieilli.

Elle posa délicatement une de ses mains sur son bras.

Marc la prit et la baisa.

- Ne pars plus, Louise, je t'en supplie, ne pars plus, murmura-t-il dans un souffle.

- On ne peut plus vivre ensemble Marc. Je ne peux être ta compagne, je suis trop vieille pour toi.

- Tu as un foulard ?
- Oui.
- Mets ce foulard sur tes yeux.
Intriguée, elle exécuta ce qu'il demandait.
- Maintenant que tu ne me vois plus, Louise, est-ce important pour toi cette différence d'âge ?
- Non, ça n'a même aucune importance.
- Alors, tu n'as plus aucune raison de partir. Tu peux retirer ton bandeau. J'ai besoin de toi.
Elle défit le foulard et vit des larmes couler des yeux de Marc…
- C'est de t'avoir retrouvée Louise, c'est de t'avoir enfin retrouvée.